歷代全集叢刊／張印棟主編

歐陽文忠公全集十八種附一種

（第九册）

（宋）歐陽修　撰

河南人民出版社

河東奉使奏草卷上　歐陽文忠公集一百十五

畫一起請劄子

臣準勑差往河東擘畫粮草合有起請事件今具畫一如後

一臣伏詳勑旨本爲河東民力困乏差臣擘畫利害竊慮州縣未體朝廷之意因而搔擾臣今欲乞特降聖旨指揮下河東路候臣到彼不得令官吏及諸色人出城迎送及不得作樂筵席

一臣準勑計置擘畫河東一路經久利害竊緣河東地分闊遠山川險絶竊慮僻遠之處不能徧

至又緣本路文武官吏不少内有久諳彼處民情事體者或在不當驛路守官致臣無由見得臣今欲乞許臣採問官吏就近召與相見所貴詢訪兵民利病仍慮有合行事件亦乞於本路選擇幹事官員暫差勾當

一臣所授勑只是與轉運司計置犂畫邊上粮草竊緣一路州縣賦租户口兵馬錢帛及公私財用利害要見本末文字竊慮所在不盡時應副仍乞指揮一路州軍凡有取索文字並令畫時應副

一臣伏見國家自兵興以來言事之人多陳利害竊慮有前後上文字人內有陳河東一路事宜所言大體利害詳明朝廷未暇施行者乞於中書樞密院檢尋所上文字付臣看詳到彼參驗利害可否回日聞奏

一臣準勅除擘畫粮草外竊慮更有可以因便勾當事件伏乞令中書樞密院畫一條目付臣施行取進止

辟郭固隨行劄子

臣準勅差往河東路計置經久利害伏見新授寧州

軍事推官郭固熟知沿邊兵民利害曾隨韓琦奉使陜西近差充涇原路叅謀見未赴任臣今欲乞暫將帶本人隨行候臣四日令一面發赴本任如允臣所請乞降朝旨指揮取進止

免晉絳等州人户遠請蠶鹽牒

當所訪聞晉絳慈隰四州百姓每年所請蠶鹽並於解池請領近聞省司指揮支移往三門鹽倉請領道路遥遠竊知百姓多不願往彼般請須議專行公文者右具如前今欲牒州候牒到日請不移時疾速詳前項事理如委實省司有此指揮及百姓情願依舊

送納鹽錢不請三門官鹽仰立便差人前路曉示百姓各令逐便不得勒抑監催須令剗去免使麥蠶農忙之際虛勞百姓遠路艱辛兼當所已具一面施行奏聞仍請具已施行公文疾速入馬遞回報當所不管遲延住滯者

同前

當所訪聞晉絳慈隰四州百姓每年所請蠶鹽並於解池請領近聞省司指揮支移往三門鹽倉請領道路遥遠竊知百姓多不願往彼般請須議專行公文者右具如前當所雖已牒晉絳慈隰等四州請詳前

項事理如委實省司有此指揮及百姓情願依舊送
納鹽錢不請三門官鹽仰立便差人前路曉示百姓
各令逐便不得抑勒監催須令前去竊慮百姓已到
解池及前去未遠今欲牒解州安邑知縣請詳前項
事理如是請鹽百姓見在彼處請就近告示逐人如
依舊送納鹽錢情願不往三門請鹽者各令歸本縣
仍希巳施行公文回報當所者

相度併縣牒

當所體量得潞州八縣内屯留黎城壺關三縣地居
僻遠户口凋零全少詞訟盜賊逐縣盡占令佐及諸

色公人色役今欲擘畫將三縣併省分割入隣近縣分可以寬減民役兼省吏員須議差官相度利害者

右具如前今欲牒上黨縣鄧主簿請詳上項事理躬親遍往屯留等縣相度地里遠近犄連疆畔就近可以分割併省利害務令人戶穩便仍具可以分併地里畫成紙圖及取索逐縣見在戶口賦稅見役諸色公人數目畫一開坐連申無致鹵莽者

同前奏狀

右臣近自威勝軍至遼州體量得遼州州界東西二百五十里南北一百五十九里所管戶口主客二千

七百餘户地里人户不及一中下小縣而分建一州四縣内榆社縣主客一千七十二户其餘遼山縣主客五百六十九户平城縣主客六百一十八户和順縣主客四百五十九户各不及一鎮人煙及潞州管内八縣亦有似此地里絶近人户全少處虚立縣名枉占官吏每縣曹司弓手手力解子之類各近伯人外别有供應本州廳子客司承符散從及本村里正户長耆長壯丁色役人户凋零差役繁重以臣相度可以將帶就近分割併省廢使減省官吏寬紓民force緣臣時暫經過竊慮不盡民間利害已密牒知遼州

國子博士蓋平上黨縣主簿鄜唐等審細相度可與
不可分併利害臣今前去所過州縣除邊防要切縣
分外其餘地里迫窄人户凋零絶然小縣有可以分
割併省者並欲隨近選差幹敏之官密切先行相度
可與不可分割利害候臣奉使回日别具條陳敷奏
次

倚閣忻代州和糴米奏狀

右臣準中書劄子節文臣寮上言勘會忻代二州衷
外分配博糴斛斗共玖萬餘碩即今催納方及二分
今來已是五月粒食踴貴之際民間斛斗甚是難得

欲乞朝廷特賜慈許將已支絹帛及大鐵錢合納米粟特與倚閣候將來秋成一併送納奉聖旨令臣與河東轉運司同共相度施行者臣尋至忻代二州取索逐州元分配錢絹次第及見納見欠白米一宗文字看詳元是富弼起請爲去年河東秋大熟乞朝廷輟那鐵錢絹廣謀粮草三司遂支雜州絹二十萬疋與河東内代州分配到伍萬疋並是在京及并晉等州比及旋旋般來往復拖延直至冬末春初方行俵散至今年五月分配纔畢已是麥熟夏稅起納民間豈復更有白米輸官其絹五萬疋并本州舊有絹三

千餘疋共博糴白米九萬五千二百餘碩州縣從春至夏枷棒催驅只納到四萬餘碩見欠五萬四千餘石本州爲催納不前遂申轉運司乞令將隔年陳米減價折納雖有此擘畫亦並無人送納蓋爲過時無可收糴其忻州差配名目尤多去年一年内除税賦和糴沿邊送納外配銀送納見錢收買肉羊羊皮數目不少又有酒務十五年積壓損爛酒糟白醪分配人户令納清醋價錢又有轉運司先配絹三千疋博糴諸色斛米除此多般科配已催納了足外方到一項大鐵錢絹博糴白米是今來臣寮起請乞行倚閣

者其鐵錢絹元拋配博糴白米肆萬餘石因轉運司
自見人民不易先減一半外尚有二萬八千四百餘
碩後爲送納不前運司又已與倚閣一半候秋熟併
納外有一萬餘碩係見行催納臣遂取索本倉受納
日曆點檢逐日全無人户送納亦爲過時無可收糴
兼兩州百姓累經臣陳狀臣上禀朝旨親見民間疾
苦又緣轉運使二人並在潞州相去絶遠不及計會
商量兼勘會二州人粮見在忻州約支二年有餘代
州亦約支一年半不至闕備又前去秋熟日月不遠
臣已一面出牓及牒本州令倚閣候至秋熟一併送

納施行訖謹具狀奏聞

義勇指揮使代貧民差役奏狀

右臣準中書批送下二狀河東都轉運司準康定元年九月十四日勅節文河東路強壯應見充正副指揮使内雖係第一至第三等户者州縣更不得輪次别差色役竊緣義勇指揮使各是鄉村第一第二等力及有家活産業人户令來一年之内只是一季上番多在本家管勾農業兼當司體量得正副指揮使等俱是上等人户揀充最屬僥倖其餘等第人户丁數稍多亦是一般點充義勇祗應仍更不免州縣差

役所有軍負巳是優便仍更依條免放州縣色役頗見影庇却鄉縣重難差役却差下等義勇人户充州縣重難里正或衙前等差役計其勞逸深爲不便欲乞朝廷早賜特降指揮下諸處義勇正副指揮使乞依其餘義勇體例各依等第户例輪次差定州縣色役庶得均濟臣勘會河東一路鄉兵除係籍强壯不勾追教閲外所有刺手背義勇見管七萬二千八百七十二人每年秋冬上番教閲州縣因而諸雜役使常於秋冬邊地支移税賦和糴遠納之時復有上番之役凡一家三两丁者一人上州教閲一人供送一

人或在州縣執役或遠地輸納税租所存但有衰老或有全無倚托者廢業忘家不勝其苦其間惟有正副指揮使並是州縣中最有物力上等人户却獨得免差役是下等人户常有勞役最豪富者獨得寬優兼自兵事已來州縣差役頻併素來力及之户累世勤儉積畜只於三五年重疊差役例各減耗貧虚逃亡破敗而州郡事多差役難減往往將第三第四等人差充第一等色役亦有主户小處差稍有家活客户充役勾當如此上下窘乏之際惟義勇正副指揮使豈容獨免兼自差管轄義勇以來已避免却數年

色役當衆人苦於勞耗之際獨獲寬優之幸已多兼
臣累過州軍體問得逐處義勇指揮使等家業例皆
物力不減人丁又多若令一例差役可以貧富均濟
稍寬已困之民其都轉運司起請伏乞朝廷特賜允
許施行今具狀奏聞伏候勑旨

舉米光濬狀

右臣伏自準勑計置河東沿邊粮草所過州軍遍見
文武官吏不少其間臨民治軍可稱邊任者絶難得
人伏見西頭供奉官閤門祗候嵜嵐軍使米光濬年
四十餘世家代州熟知本路邊事出於將種練習兵

機兼有膽勇會弓馬自到嵜嵐二年處置皆合事宜
昨代州寧化各爲守將非才引惹北人爭侵疆界惟
嵜嵐草城川正當北界要害之地去年北人來侵疆
界光濬應機拒守故獨嵜嵐得不侵却地土亦不張
皇臣自過本軍體問軍民備得其實伏覩近降宣命
指揮差李偉替令赴闕切以邊鄙常患難材苟得其
人豈宜屢易兼自有移替宣命軍民並各衆狀舉留
其米光濬臣今同罪保舉再任嵜嵐如再任後犯入
已贓及邊防軍政但有一事敗悞並甘連坐今欲具
狀奏聞伏候勑旨

米光濬斬決逃軍乞免勘狀

右臣訪聞岢嵐軍昨於四月中捉獲逃走萬勝長行張貴虎翼張貴李德等三人並係禁兵本軍勘正法司檢用編勑禁軍料錢滿五百文逃走捕捉獲者處斬訖奏其張貴等並依法處斬訖本路轉運司檢會先降令勑春夏不行斬刑合決重杖處死紀驗本軍不合斬斷見差嵐州團練判官劉述取勘岢嵐軍使米光濬等竊緣岢嵐軍地接西北二虜正是秋冬大屯軍馬之處若管軍將率斬一逃軍却遭勘罰則無由統衆漸啓兵驕況重杖與處斬俱是死刑無所失

入運司守令勑紀按雖執常科兵官以軍令斬人亦是常事况米光濬等勘成公案亦不過得違制失入刑名論情定罪所犯至輕沮將率以長兵驕其損不細伏乞朝廷只作訪聞此事特降聖旨與免勘劾所貴沿邊將率知朝廷委遇之恩盡心効用兵戎畏肅不致驕忿生事謹具狀奏

乞減配賣銀五萬兩狀

右臣伏見河東路轉運司近準三司從京支撥得銀十萬兩於本路州軍配賣見錢臣體問得此銀本非運司因闕乏陳乞忽自省司特行支撥蓋是朝廷優

恤三路軍須不足特此輟賜助濟用度以舒疲民又慮朝廷訪聞今年河東二麥大熟欲使將此銀十萬兩乘時收糴軍儲有以見聖心憂念邊防寬卹民力臣昨因至寧化軍有百姓衆狀經臣馬前陳訴爲配銀數多臣遂取索本軍人户物力次第及前後配斂數目看詳本軍人户全少城郭主客十等共三十四户内五等已上只十五户其餘六等已下貧弱之家共有一十九户去年共配銀三百兩數月枷棒催驅方能了納今年所配一千兩比常年三倍是致百姓送納不前衆狀詞訴又緣寧化軍比兵不多本軍自

有納便鹽錢及諸雜課利見錢不致闕用本軍地寒民不種麥又無夏糴倉當其軍用未闕民間難得錢時可惜虛困民力臣已牒本軍且令配賣五百兩其餘別候朝旨尚慮河東一路州軍極有見今未至闕錢及地高不種二麥無可收糴去處不宜一例急歛橫困疲民臣今欲乞聖慈特下本路轉運司令將已分銀十萬兩除見今闕錢州軍及二麥大熟合行收糴處依數配賣其餘見不闕錢及不糴夏麥處且只配一半候闕錢不得已即漸漸分配所貴少紓民力

上副陛下憂民念邊之意謹具狀奏聞伏候勅旨

相度銅利牒

當所據澤州進士闞玠司法叅軍萬順等狀並爲河東鼓鑄鐵錢盜鑄者不少竊見絳州稷山垣曲縣三處皆有銅鑛欲乞遍往有銅鑛處切詢訪採取烹煉鼓鑄錢幣者當所檢尋古跡翼城縣有唐錢坊一在縣東十五里翔皐山下又有唐王城冶在縣北平城三十六里又有曹公冶在縣東南七十五里又有廢銅窟在縣西三十里稷山縣甘祚鄉有銅冶村絳縣有唐古銅冶在縣南五十里含山谷内垣曲縣有錢坊在縣西北九十二里程子村銅源監内自唐以

來絳州舊曾皷鑄銅錢鑪冶古跡見在其廢已久山
澤銅鑛產育必多兼訪知絳州人户多私採鑄貨賣
銅器近年錢幣闕乏以來亦曾有人獻言乞尋銅鑛
烹鑄前後差官尋訪多是不曉事體張皇驚擾私鑄
之家避犯禁之罪不肯指引採取又鑛銅側近民居
懼見官中興置爐冶各相蔽固並稱無銅所差官員
又不盡心多方求訪遂使銅寶不能興發須議專委
通幹之官密切求訪者右具如前欲牒絳州管界巡
檢孫借職仰細詳前項事理只作界内巡警名目遍
至四縣多設方畧先且誘贖得民間私賣銅器一兩

件然後詢求出鑛之家及細問烹煉之法須使姦民不能隱蔽或須要私鑄之人指引烹煉即設權宜許其免罪或別加酬獎務要求出銅寶不爲民間藏閉候見次第容具公文回申無至張皇悮事者

再乞減配銀狀

右臣近爲三司拋降銀一十萬兩與河東諸州軍配賣臣尋體量得河東諸州軍錢糧各有準備見今不至闕乏民間即目難得見錢遂曾具狀論奏且欲配賣一半乞朝廷特降指揮與都轉運司後來聞有朝旨只與減得些小價錢其諸州軍百姓累經臣告訴

並稱銀價雖然不高各爲見錢難以變轉伏緣河東州軍昨來只是澤潞兩州二麥大熟晉絳并汾石隰等處係種麥地分並只熟及三五分其秋稼尋遭夏旱每欲焦死近方得雨只可救得四五分見今物價甚高民間窘急無異凶歲況配賣銀絹乃是緩急不得已之事今諸州軍幸各錢糧不闕不必非時抑配重擾人民只可留之以備緩急若已知縣官實爲闕乏則勵力供納自不怨嗟以理論之其銀盡可罷配又緣都轉運司已俵與州軍故臣且乞只配一半日近臣不住見百姓以配銀爲苦已牒諸州軍且令先

配一半其餘聽候朝旨比欲候臣到闕更自論請竊慮臣離河東後轉運司依舊催促盡令俵配伏望聖慈特賜矜恤仍乞檢會臣前後奏狀早降朝旨

再舉米光濬狀

右臣近曾同罪奏舉西頭供奉官閤門祗候米光濬再任岢嵐軍使竊知朝廷爲光濬病患曾加體量臣昨往岢嵐親見光濬絶無病狀體問得去年偶因飲酒暫曾不安竊緣本人有心力會弓馬諳熟邊事善撫軍民況岢嵐當草城川一路地形平坦與北虜止隔界壕不比代州尚有險固捍禦控扼尤藉得人臣

嘗見朝廷選擇邊將比及於武臣中求得一人常患難得而任使俟其知次第亦須年歲之間其朱光濬於武臣之中不易多得在岢嵐既久又已知次第其人既不病患又無過犯料其替去别得差遣必與今任輕重一般與其移易往來不若責之久任況知光濬亦累曾乞替臣今所舉非徇光濬之私蓋爲邊防之計其朱光濬伏望聖慈特加奬擢與優轉一官且令再任以防緩急可以使喚如朝廷遷官及再任後犯入己贓及邊事有所敗悞臣並甘同罪

論礬務利害狀

臣昨準三司牒繳連録到晉州博賣生熟礬始末一
宗事理及備録中書批狀牒臣候到河東與施昌言
等同共相度經久利害聞奏臣未到河東間施昌言
等已一面先具相度申奏訖尋又準中書劄子送下
施昌言等奏狀付臣奉聖旨更切相度具經久利害
聞奏者臣看詳都運司狀内元牒晉州通判殿中丞
滎諲相度事節似有未便遂牒并州通判祕書丞張
日用就晉州計會滎諲取索一宗文字子細議定經
久利害尋據張日用狀果與滎諲始初相度利害不
同今具畫一如後

一晉州折博務元定年額錢一十六萬餘貫自來許客人入中紬絹絲綿見錢茶貨筭請生䓁上京重别煎煉後取便賣與通商路分客人後至景祐四年三司爲客旅並不入銀絹見錢只將茶貨入納遂額定令客人每年於晉州折博務入納茶一十萬斤在京榷貨務入納見錢五萬貫文自此杜昇李慶等六户管認上件年額錢茶等請生䓁於京師重煎貨賣

一慶曆元年河東都轉運司始於晉州官置鍋鑊自煎熟䓁一面勒杜昇等六户依舊管認年額

錢茶博筭生礬一面將新煎熟礬别招客旅出賣是致杜昇等六户搿積壓礬貨出賣不行累年拖欠課利有煩官司催督及引惹六户詞訴不絶

一據榮諲元狀内聲説晉州起立煉礬重煎作明白熟礬貨賣慶曆元年入到絲綿見錢五萬七千八百餘貫并收在京入納見錢及晉州入到茶錢一十一萬六千八百餘貫都收一十七萬四千六百餘貫慶曆二年收絲綃綿錢四萬二千餘貫并錢茶都收一十九萬五百餘貫慶曆

三年收絲綿錢四萬七千餘貫并錢茶都收二十萬五千餘貫自晉州置煉礬務後來比祖額各有增剩況自六家撲斷後來景祐四年只賣過生礬五十五萬七千餘斤寶元元年賣過生礬七十二萬二千餘斤寶元二年賣過生礬三十五萬一千餘斤康定元年賣過生礬三十六萬五千餘斤自慶曆元年起置煉礬務重煎後來當年支賣生熟礬八十四萬九千餘斤慶曆二年支賣生熟礬八十五萬五千餘斤慶曆三年支賣生熟礬一百四萬六千餘斤比附未煎

已前逐年大有增剩今相度欲乞依已前體例指揮在京榷貨務及本州折博務出牓告示招召諸色客旅投狀在京入納見錢及取便於晉潞等州入納茶貨金銀錢帛絲布斛㪷更不限定人數姓名斤兩多少取便依依則例入[illegible]博算請晉州重煉熟礬兼聞得晉慈州生礬染麄色亦可以生使並許依則例筭射興販更不拘定杜昇等六户認納年額錢茶仍乞指揮逐户將煎礬鍋鑊家事納官今後更不衷私重煎只令晉州煉礬務二面重煎收辦課利

一據張日用狀與晉州通判榮殿丞將慶曆元年置煎礬務後收到課利比對本州煎礬務止賣到折撲見錢五萬七千八百二十三貫八百三十文在京六户納折到錢一十一萬六千八百三十八貫八百五十文慶曆二年本務止賣到四萬二千一十八貫一百一十文在京六户收到一十四萬八千四百八十六貫五十文慶曆三年本務收到四萬七千二百三十三貫七百五十五文在京六户收到一十五萬八千三百四十五貫三百五十文是煉礬務出賣得錢常

少六戶入納數目常多遂將三年置到煎礬務
通比皆不過五萬貫及四萬貫今年自正月一
日至六月終収到入納課利錢一千九百五十
九貫有零課利不數惟是六戶逐年納數常多
若遂放令六戶逐便必致大段虧少課利況今
用兵之際若行寬法容人有利必虧額遂增今
將三年止於五萬數目遂便止令官賣必恐大
虧年計今乞廢罷晉州煉礬務一就令在京六
戶管認年額錢茶所貴經久通行逐年入得茶
貨充備河東路并汾等十餘州軍支折和糴有

備不致悞闕

右謹具如前臣今將三司録到一宗始末文字子細看詳蓋由河東都轉運司改法官自煉礬出賣見一時之小利致經久之難行從初本爲課額不敷遂定爲錢茶十五萬數許六户管認即不當更自官賣與其争利若云官賣有利則六户便合除免年額臣今看詳榮諲張日用等二人狀内闕說自官置煉礬務後來逐年所賣生熟礬折撲到見錢數目蓋是榮諲從初將生熟兩色礬博賣到錢數衮合比筭便謂自起立煉礬務後來年額課利增盈遂欲罷六户筭請

生礬舊額及滎謹再與張日用等子細將生熟兩色礬課利遞年比類其熟礬自慶曆元年只賣及五萬二年三年已只及四萬貫有零今年自正月一日至六月終半年只賣及一千貫若將生礬貸利與熟礬衮合筭數則似有增盈若各别比較則熟礬賣錢全少又一年虧於一年今若依滎謹罷賣生熟礬即據近年課利虧減次第必慮向去無客筭請虧陷官中年額錢茶臣今相度欲乞官罷自煎熟礬出賣只令杜昇等六户依舊管認年額入納錢茶十五萬數將見今晋州已煎下熟礬并生礬相兼其六户本爲官

賣熟鐵侵爭其利致其積壓貨賣不行今若官罷自賣則六戶更難詞說如此則官中雖歲失三五萬貫自賣之利而於錢茶十五萬舊額却有準的不至虧陷必若不欲抑勒六戶認額即乙未立定年額但選差清強官吏刱新一面博賣熟鐵候三二年取一年爲定額蓋緣熟鐵見已課利大虧若自新官賣必不能敷及遞年與生鐵俱賣時常額免使監臨官吏枉遭決罰年計用度虛爲指準於此二說伏乞朝廷裁擇施行

論西北事宜劄子

臣昨在河東聞北虜事宜說者多端而少實其役兵動衆修城堀壕凡所興爲則有蹤跡昨三月四月之間於北界地名大柳谷銀瓮口與蕃族相殺契丹累敗折却主將數人見今抄點中軍秋冬必大交戰此亦說者多同而不虚惟云夾山部落叛歸元昊契丹與西賊相攻又云西賊見在河灣會劄寨兵馬尤多或云三虜詐謀欲合而攻我此一事則說者雖多而以人情料之皆不可信自西賊叛我以來更事契丹甚謹蓋已與中國交爭則屈己事隣乃其常理二虜自來未聞釁隙而忽納夾山小族反與契丹立爲大

敵但恐元昊黠羌不爲此事以此言之不可信也契丹若寇邊鄙當先自河北不應便出河東若云出吾不意則兵釁未成必未㝠然入吾險地是北虜必不攻河東矣西賊二年之間累次遣人通好國家過當許物已多今盟約垂成而忽借契丹數百里之路崎嶇勞師入吾險固以此而言是西賊必不攻河東此其不可信者也然北戎桀黠人馬聲張已久今漸向秋必已聚集邊臣但見虜兵聚在界上不得不至驚疑惟在朝廷料敵制謀養威持重不爲輕發使虜不可窺則得計矣其密爲禦備次第臣今具管見畫一

如後

一據今事宜不問北虜攻夾城與元昊但不過夷狄自相攻耳然虜兵在我境上不可不爲支準惟當持重以待未宜便若寇至而大集窮邊虛成自擾但訓兵練卒於并忻嵐憲屯結以俟太原去忻州一日半可至忻州去代州一日半可至嵐州去岢嵐一日中可至憲州亦然今以兵屯忻并而應援代州屯嵐憲而應援岢嵐賊至則使代州岢嵐堅壁清野待其師老徐以忻嵐等兵擊之此用兵之法也如此則虜來不失應

敵不來不至虛驚其代州岢嵐但用去年防秋兵數可矣惟治器械擇將帥此非倉卒可辦宜急爲之具

一河東沿邊州軍器械全然不堪臣昨到彼見逐處弓弩無十數枝可施用者問其何故云爲省司惜筋膠支請不得縱支得即角短筋碎不堪使用久無物料修治是致廢壞臣亦知京中筋膠角絶少然若遍支與諸州軍即恐不及欲乞且只支與沿邊州軍仍乞選差幹事官逐州自遣一負上京支請便令自監脩補其諸州木羽

箭臣曾逐色用草人被甲去三十步以硬弩射之或箭幹飛掉不至或箭頭卷折不入甲此乃臨陣悮事之物十無一二堪者帷舊竹箭雖翎損鏃生秀然射之亦能入甲又數目不多亦乞委官揀點脩換

一代州知州康德輿老懦不濟事臣方欲到京奏乞替却近知已差張亢然德輿却充并代鈐轄只此職亦非德輿所堪乞與一近裏小處知州鈐轄别選差人

一代州諸寨主監押三十餘員内無三四人能幹

而曉事者伏乞早行替換仍乞於近日臣寮準
密院劄子舉到堪充將領人內差充寨主監押
一員岢嵐軍地接草城川口無險可恃而城小壕淺
須合增城浚壕乞降指揮下河東那打白草廟
軍及本軍係役兵士早併力脩葺臣曾兩狀奏
乞米光濬且令知軍蓋光濬已知彼中次第當
事宜之際若李緯乍到恐處事未盡合宜又緯
必非岢嵐久任之人其米光濬伏乞檢會臣前
奏施行取進止

論宣毅萬勝等兵劄子

臣昨準勑差往河東續準樞密院劄子奉聖旨所到州軍體量諸軍指揮自來習學武藝并教閱戰陣次第精與未精緩急堪與不堪陣敵使唤者臣尋至諸州軍令主兵官吏依常式教閱觀其精粗所用陣法除四官陣舊法外亦有自爲新陣者大抵只是齊得進退不亂行伍而已諸處所較不多其陣法則皆未可用惟有踏硬射親最爲實藝見令經略司分差主將諸州巡教以三等弓弩拍試漸次亦當精熟然而主將不一器械不精此二事須更别爲制置其諸軍禁兵共九萬五千餘人内駐泊兵三萬餘人惟萬勝

最多最不精本路就糧禁兵六萬餘人惟宣毅最多
最不精臣今欲乞定主將精器械此二事條目甚多
容臣續具畫一其宣毅萬勝等兵臣今先具起請如
後
一臣勘會河東駐泊禁兵六十八指揮共三萬二
千餘人内萬勝二十指揮一萬一千一百餘人
當初招募倉卒不能精擇此中外共知自到河
東已及三年其射親踏硬弩比初到則漸慣熟
但其人大小強怯不等又不耐辛苦其事藝勉
力不及河東最下清邊而料錢請受與最上神

衛等見今多差在河外五寨緣請受既大於他軍則重難倫次須至差撥其使喚乃不及下軍緩急常憂敗悮臣今欲乞於河東見在廂軍三萬人數内揀少壯有勇力者增置清邊及於京師差撥三百料錢禁軍充足一萬人數抵替萬勝抽回兼其人到河東已二年餘人各有辛苦思歸之意。

一臣勘會河東本路就糧禁兵共一百四十九指揮六萬二千七百餘人内宣毅四十四指揮二萬二百餘人宣毅招揀不精無異萬勝惟河東

稍勝諸路蓋土人天性勁勇耐辛苦然終是不及自投軍者其農夫生梗難以教訓至今全未堪使喚臣到澤州有一指揮只揀出九十餘人呈教尚亦生疎威勝軍兩指揮內一指揮絶然不成次第問之云差出近方歸本營蓋河東多將宣毅差在巡檢下及諸處使不教閱臣今欲乞將見在宣毅委河東都轉運使親至諸州將短小怯弱者先揀退充廂軍其餘堪教者不得差往巡檢下及防河寨柵不教閱處專令逐州軍教一二年必漸可用

論麟州事宜劄子

臣昨奉聖旨至河東與明鎬商量麟州事緣臣未到間鎬已一面與施昌言等先有奏議尋再準樞密院劄子備録鎬等所奏令臣更切同共從長相度臣遂親至河外相度利害與明鎬等再行商議乞那減兵馬人數可以粗減兵費已具連署奏聞此外臣别有短見合盡條陳其利害措置之説列爲四議一曰辨衆説二曰較存廢三曰減寨卒四曰委土豪如此則經久之謀庶近禦邊之策謹具畫一如後

一曰辨衆説者臣竊詳前後臣寮起請其説有四

或欲廢爲寨名或欲移近河次或欲抽兵馬以減省饋運或欲添城堡以招輯蕃漢然廢爲寨而不能減兵則不若不廢苟能減兵而省費則何害爲州其城壁堅完地形高峻乃是天設之險可守而不可攻其至黄河與府州各纔百餘里若徙之河次不過移得五七十里之近而弃易守難攻之天險以此而言移廢二説未見其可至如抽減兵馬誠是邊議之一端然兵冗不獨麟州大弊乃在五寨若只減麟州而不減五寨與不減同九招輯蕃漢之民最爲實邊之本

然非朝廷一力可自爲必須委付邊臣許其久任漸推恩信不限歲年使得失不繫於朝廷之急而營緝如其家事之專方可收其遠効非二年一替之吏所能爲也臣謂減兵添堡之説近之而未得其要

二曰較存廢者今河外之兵除分休外尚及二萬大抵盡河東二十州軍以贍二州五寨爲河外數百邊戶而竭數百萬民財賊雖不來吾已自困使賊得不戰疲人之策而我有殘民斂怨之勞以此而思則似可廢然未知可存之利今二

州五寨雖云空守無人之境然賊亦未敢據吾地是尚能斥賊於二三百里外若麟州一議移廢則五寨勢亦難存乃爾府州便爲孤壘而自守不暇是賊可以入據我城堡耕牧我土田夾河對岸爲其巢穴今賊在數百里外沿河尚費於防秋若使夾岸相望則泛舟踐冰終歲常憂寇至沿河内郡盡爲邊戍以此而慮則不可不存然須得存之之術

三曰減寨卒者臣勘會慶曆三年一年用度麟州用糧七萬餘石草二十一萬餘束五寨用糧一

十四萬餘石草四十萬餘束其費倍於麟州於一百二十五里之地列此五寨除分兵歇泊外尚有七千五百人别用二千五百人負糧又有并忻等十州軍百姓輸納外及商旅入中往來其冗長勞費不可勝言逐寨不過三五十騎巡綽伏路其餘坐無所爲蓋初建五寨之時本不如此寨兵各有定數建寧置一千五百人其餘四寨各止三百至五百今之冗數並是後來增添臣謂今事宜稍緩不比建寨之初然且約舊數尚不至冗費臣請只於建寧留一千人置一

都巡檢其鎮川中堠百勝三寨各留五百其餘寨兵所減者屯於清塞堡以一都巡檢領之緣此堡最在近東隔河便是保德軍屯兵可以就保德軍請糧則不煩輸運過河供饋若平日路人宿食諸寨五百之卒巡綽有餘或些小賊馬則建寧之兵可以禦捍若賊數稍多則清塞之兵不失應援蓋都不去百里之内非是減兵但那移就食而已如此則河外省費民力可紓

四曰委土豪者今議麟州者存之則困河東弃之則失河外若欲兩全而不失莫若擇一土豪委

之自守麟州堅險與兵二千其守足矣况所謂土豪者乃其材勇獨出一方威名既著敵所畏服又能諳敵情僞凡於戰守不至乖謀若委以一州則其當自視州如家繫己休戚其戰自勇其守自堅又其既是土人與其風俗情接人賴其勇亦喜附之則蕃漢之民可使漸自招集是外能捍賊而戰守内可輯民以實邊省費减兵無所不便比於命吏而往凡事仰給於朝廷利害百倍也必用土豪非王吉不可吉見在建寧寨蕃漢依吉而耕於寨側者已三百家其材勇

則素已知名況其官序自可知州一二年間視其後効苟能善守則可世任之使長爲捍邊之守

右臣所陳乃是大計伏望聖慈特賜裁擇若可以施行則紓民減費之事容臣續具條列取進止

乞罷鐵錢劄子

臣準中書劄子備録臣寮四狀並爲上言河東大小鐵錢事奉聖旨相度利害聞奏者臣尋至河東取索晋澤二州鑄錢監及諸州軍見使鐵錢數又將都轉運司供到慶曆三年一年都收支錢數約度用度多

少及採問軍民用鐵錢便與不便今具利害畫一如
後
一見在大小鐵錢數大鐵錢自起鑄至目下共鑄
到四萬四千八百餘貫小鐵錢自起鑄至目下
共鑄到一十一萬七千七百餘貫是大小鐵錢
未及六十萬貫銅錢數見在官私行用
一大小鐵錢官本及淨利數目晉州大錢計用一
萬七千八百餘貫省陌銅錢官本鑄成大錢二
萬八千八百餘貫當二十八萬八千餘貫銅錢
九用一萬七千餘貫本得一十七萬餘貫利其

利約一十五倍有餘晉州小錢計用四萬六千貫足陌銅錢官本鑄成一十一萬四千五百餘貫九用四萬六千貫本得六萬八千餘貫淨利其利一倍有餘澤州大錢計用六千四百餘貫省陌銅錢官本鑄成大錢一萬六千餘貫省當一十六萬餘貫銅錢九用六千四百餘貫本得一十五萬三千八百餘貫利其利二十三倍有餘澤州小錢計用九百八十貫省陌銅錢官本鑄成四千餘貫九用九百餘貫本得三千餘貫利其利兩倍

一都轉運司一年支收錢數實收諸雜課利客便賣鹽礬斗秤夏秋稅出糶斛斗賣疋帛絲綿銀進納雜收等錢二百一十七萬二千二百三十貫實支係隨衣添支特支料錢得設公使國忌獄空祭神地里脚錢買羊馬糧草客便招軍人户和糴礬本雜支等錢一百九十九萬八千四百一十四貫

右謹具如前臣今相度大小鐵錢其可廢者有五據都轉運司慶曆三年一年支收實數比筭實收二百一十七萬二千餘貫實支一百九十九萬八千餘貫

是每歲只將河東一路實收錢支遣自足外尚有一十七萬四千餘貫剩數其大小鐵錢可以罷鑄一也小鐵錢將本利計筭其利甚薄不過一倍略將鑄造工課約筭兩監逐日共鑄不過四百貫文一歲不過鑄得十六萬貫內除約六萬貫爲官本外只獲淨利十萬貫若罷大錢而只用小錢是一歲爲十萬貫錢而壞銅錢舊法陷民刑戮者不絶其大錢利既博至二十餘倍議者皆謂其利厚於黃白術雖有死刑不能禁止臣昨在河東於提刑司取索得犯私錢人數已五火自臣出界後又續供到新捉獲二火是小錢

利薄不足鑄大錢犯法者日漸多皆可以罷鑄二也今開厚利之門而致人死法則誘愚民以趍死若貸其死則犯者愈多急於捕察則良民一例搔擾縱而緩禁則民不勝姦是深法不可緩法又不可捕察又不可縱之又不可以此而言其可罷三也用之既久幣輕物貴惟姦民盜鑄者獲利而良民與官中常以高價市貴物是官私久遠害深其可罷四也臣勘會河東十九州軍九四十九處翻新開沽酒務據轉運司供到每月約收二萬貫有餘計一歲合得二十四五萬貫又麟州元許入中七萬石斛㪷昨來爲入中

數多無處收貯見移於府州入中日近明鎬又減放
馬軍歸京是刹八之數漸多用物之兵日減此其可
罷五也今見在官私鐵錢共不過六十萬數既未多
罷之甚易況河東一路二十二州軍贍廂禁兵共十
二三萬略計所闕不多不比陝西事體其大小鐵錢
伏乞特罷鑄造行用取進止

麟州五寨兵糧地里

糧一十四萬四千七百石
支本州三年
草二十萬四千九百束
支本州一年

麟州 四千六十八人
臣今欲乞留二千人

[illegible]

鎮川堡 一千二百人
臣今欲乞留五百人

糧一萬六百石
支本堡一年
草一萬五千一百束
支本堡三箇月

河外糧草共一百一十九萬三千七百□束
糧三十四萬一千三百石
草八十五萬二千四百束
已上六月中旬見在馬料不在數

河外馬步禁軍一萬八千

□支長一百十五

□百十八人

南

[illegible]

馬軍二千一百三十六人馬一千四百五十三疋

步軍一萬六千一百六十五人

糧一萬九千四百石
支鎮川一年十一箇月
草五萬二千二十四束
支鎮川十一箇月

建寧寨

二千七百八十八人
臣今欲乞留一千人置寨同巡檢
員領之

糧一萬三千八百石
支建寧六箇月
草一萬六千束
支建寧三箇月

中堠寨

七百二十七人
臣今欲乞留五百人

糧七千五百石
支中堠一年兩箇月
草二萬四千五百束
支中堠二年十一箇月

百勝寨

一千二十六人
臣今欲乞留五百人

糧八千三百石
支百勝十一箇月
草七千六百束
支百勝六箇月

清塞堡

一千七百七十七人
臣今欲乞將麟州并四寨所減五千三百人於此寨及保德軍駐劄
並急應副四寨及麟州其兵并清塞本兵共七千八仍乞置四寨
都同巡檢一員分領之

糧一十三萬七千石
支一年一箇月
草五十萬一千束
支一年六箇月
本州并清塞兵見過河於保德軍請此糧草不曾支動

府州

六千七百三十二人
臣已與明鎬等共奏乞減一千人過河屯岢嵐軍

乞免諸州一年支移劄子

臣昨至河東體訪一路百姓貧弊勞擾本爲河外麟府二州闕少軍糧遂於近裏二十州軍遍相支配今來麟州見在兵馬糧可支三年府州見有一十三萬石不支糧米諸寨各有糧不少兼臣將慶曆三年轉運司拋配秋稅支移數目勘筭得今年博糴斛㪷可以減放和糴可以不支過河如此則少紓民困大息怨嗟其科配減放次第今具畫一如後

一河外麟州見有三年糧府州兵士見於河南保德軍請給府州見有不支糧一十三萬石

一去年并忻嵐憲石州岢嵐火山寧化保德等軍九九處和糴斛㪷共十四萬二千餘石支往河外麟府二州送納今來河外糧斛已多上件九州軍和糴只乞於保德軍送納

一去年并忻汾遼潞晋絳澤石隰慈等州威勝平定軍九十三處博糴斛㪷共一十七萬六千餘石往保德軍送納今來河外既不支移那得并忻等九州軍和糴十四萬石於保德軍納則此十三處博糴可以减放

乞不配賣醋糟與人户劄子

臣昨至忻州見百姓人户經臣出頭怨嗟告訴為轉運司將十五年積壓損爛酒糟俵配與人户要清醋價錢緣已配納了當臣方欲奏乞今後不得抑配續據石州狀申本務見管醋糟六千餘石本州見取索在州及諸縣坊郭鄉村酒户等第及州縣色役公人姓名欲行俵配次其糟每㪷價錢二十五文足陌緣臣已離河東只曾行移文字且令未得俵配别候指揮臣欲乞特降朝旨下轉運司今後醋糟只許官務造醋沽買及令百姓取便買糟醖醋不得抑配人户其糟所得之利不多但虚為搔擾以斂怨嗟伏望聖

慈特賜豁免其石州醋糟尚慮本州已行樁配即乞

特與減落一半價錢令漸次送納

河東奉使奏草卷上

紹熙五年十月郡人王伯芻校正

[illegible][illegible]指揮使代貧民差役奏狀

小處（小疑作少）客户充役（此下空處疑是句字）

[illegible]將已分銀（銀字上脱配字）

論礬務利害狀　都運司（都字下疑脱轉字）今後更不（此下脱許字）煉礬出賣（此下一有徒字）罷賣生熟礬（一作罷生礬只賣熟礬）

論麟州事宜劄子　合盡條陳（一本以盡字爲畫一）巡綽（長編作截，下同）坐無所爲（坐一作别）

乞罷鐵錢劄子　出糴斛斗（糴疑作糶）

乞不配賣醋糟劄子　沽買（買疑作賣）

河東奉使奏草卷下　歐陽文忠公集一百十六

乞減放逃户和糴劄子

臣伏見河東百姓科配最重者額定和糴糧草五百萬石往時所糴之物官支價直不虧百姓盡得茶絲見錢自兵興數年糧草之價數倍踴貴而官支價直十分無二三百姓每於邊上納米一斗用錢叁伯文而官支價錢三十内二十折得朽惡下色茶草價大約類此遂致百姓貧困逃移而州縣例不申舉其本户二稅和糴不與開閣稅則户長陪納和糴則村户均攤已逃者既破其家而未逃者科配日重臣至代

州崞縣累據百姓陳狀，其一村有逃及一半人户者，尚納全村和糴舊額，均配與見在人。臣熏曾差大理寺丞史譚檢得嵐州平夷一縣已逃未檢人户共四十一户，諸州似此者甚衆。臣今欲乞下轉運司差清幹官三兩人於并代等十五州軍係有和糴處檢括已逃人户，其逐户下二稅和糴額定數目並與倚閣，候招輯得人户歸業，各令依舊均配。仍許諸縣人户見均攤着和糴及户長陪納逃稅者列狀自陳，所貴重困之民免此重疊科配。

請耕禁地劄子

臣昨奉使河東相度沿邊經久利害臣竊見河東之患患在盡禁沿邊之地不許人耕而私糴北界斛斗以爲邊儲其大害有四以臣相度今若募人耕植禁地則去四大害而有四大利河東地形山險輦運不通邊地既禁則沿邊乏食每歲仰河東一路稅賦和糴入中和博斛㪷支往沿邊人户既阻險遠不能輦運遂賫金銀絹銅錢等物就沿邊貴價私糴北界斛㪷北界禁民以粟馬南入我境其法至死今邊民冒禁私相交易時引爭鬬輙相斫射萬一興訟遂搆事端其引惹之患一也今吾有地不自耕植而偷糴鄰

界之物以仰給若敵常歲豐及綏法不察而米過吾界則尚有可望萬一虜歲不豐或其與我有隙頓嚴邊界禁約而閉糶不通則我軍遂至乏食是我師飢飽繫在敵人其患二也代州背嵬寧化火山四州軍沿邊地既不耕荒無定主虜人得以侵占往時代州陽武寨爲蘇直等爭界訟久不决卒侵却二三十里見今寧化軍天池之側杜思榮等又來爭侵經年未決背嵬軍爭掘界壕賴米光濬多方力拒而定是自空其地引惹北人歲歲爭界其害三也禁膏腴之地不耕而困民之力以遠輸其害四也臣謂禁地若耕

則一二歲間北界斛㪷可以不糴則邊民無爭糴引惹之害我軍無飢飽在敵之害沿邊地有定主無爭界之害邊州自有粟則内地之民無遠輸之害是謂去四大害而有四大利今四州軍地可二三萬頃若盡耕之則其利歲可得三五百萬石伏望聖慈特下兩府商議如可施行則召募耕種税入之法各有事目容臣續具條陳取進止

乞減樂平縣課額劄子

臣昨至河東據平定軍知樂平縣孫直方狀爲本縣酒税課利錢舊額四千一百餘貫本縣不當驛路舊

有兵士四指揮軍營在縣自慶曆三年三月內移起軍營往并州在縣只有居民百餘户人煙既少客旅不來酒稅課利無由趂辦本軍亦曾申奏乞行減額省司下轉運司保明尋蒙轉運司令將起移軍營後一年比較重立祖額只及二千八百餘貫亦曾差遣州知州孟濟定奪及轉運司保明申省省司指揮勒本縣收趂課利不得減額臣勘會平定軍樂平縣最處孤僻若無軍營人户絶少實難趂辦課利見今專副等逐月逐季逐年各有比較决責未嘗虛日及虛令監官殿降考第臣今欲乞特降勑旨下轉運司令

自起卻樂平縣軍營後來一年内所收課利立爲祖額與免舊額虛數所貴尊副不至重疊被刑監官虛負殿罰取進止

乞放麟州百姓沽酒劄子

臣伏見麟州元是百姓沽酒自經事宜後來轉運司擘畫官自開沽臣昨令本州勘會一年自去年十二月開沽至今年六月用米麴本錢三千五百貫所收淨利只及一千八百貫然官私勞費不少自并嵐等州造麴千里般運又配百姓造酒黄米遠行輸納麟州自經賊馬後來人户纔有三二百家又榷其沽酒

之利市肆頓無營運居者各欲逃移今來麟州既不移廢則凡事却須葺理其沽酒之利官中所得不多而勞費甚大臣今欲乞令百姓依舊開沽所貴存養一州人户漸成生業今取進止

舉孫直方奏狀

右臣伏見平定軍知樂平縣事著作佐郎孫直方進士及第爲性明敏有吏材臣昨至河東備見直方治縣事善狀臣今保舉堪充大藩通判兼臣勘會代州通判李舜元到任已及二年三箇月有餘見今北面事宜代州最爲要地尤藉得人伏乞就差孫直方充

代州通判如後犯正入已贓及職事敗闕並甘同罪
謹具狀奏聞

條列文武官材能劄子

臣昨奉勑差往河東體量得一路官吏才能善惡其
間文武官共二十五人各有所長堪備任使今具姓
名條列如後

一戰將八人緩急可以使喚

如京使孟元知兵書疎財善撫士然未經戰陣

內殿承制郝質沉厚有勇善用兵累經戰陣

北作坊使田朏有勇累戰有功

崇儀副使王吉臣已有論薦

禮賓副使張岳河西人有武勇智謀善戰

百勝寨主折繼長有勇好戰曽立功

權鎮川堡陳懷順府州人有勇好戰

麟州兵馬都監田嶼有勇好戰

一武臣中材幹者三人

岢嵐軍使禾光濬已曽薦舉

知保德軍劉承嗣

建寧寨主陳昭燕有勇好戰未曾經行陣

岢嵐軍五谷巡檢夏侯合

一通判中五人可以升陟差使
并州通判祕書丞張日用通曉民事
嵐州通判殿中丞董沔清潔勤於吏事
寧化軍通判大理寺丞武陶勤幹
屯田員外郎麟州通判孫預清勤
保德軍通判贊善大夫吴中廉幹
一知縣令州縣職官中村幹可用者九人
著作佐郎知平定軍樂平縣事孫直方
代州崞縣令王旭
府州簽署判官公事史譚

絳州稷山縣令劉處中

潞州屯田縣令張曜縣尉王萮龍

大理寺丞知并州陽曲縣事張景儉

知并州大谷縣張伯玉

大理寺丞知榆次縣吴天常

嵩嵐軍嵐谷縣尉安吉

右謹具如前伏乞聖旨送中書樞密院記録姓名差使令取進止

舉劉羲叟劄子

臣昨奉勑差往河東伏見澤州進士劉羲叟有純朴

之行爲鄉里所稱博涉經史明於治亂其學通天人禍福之際可與漢之歆向張衡郎顗之徒爲比致之朝廷可備顧問伏乞特賜召試或不如所舉臣甘當朝典今取進止

繳進劉義叟春秋災異奏狀

右臣近曾薦舉澤州進士劉羲叟學通天人禍福之際如漢歆向張衡郎顗之比乞賜召試升之朝廷可備顧問臣今有收得劉義叟所撰春秋災異集一册其辭章精博學識該明論議有出於古人文字可行於當世然止是義叟所學之一端其學業通博詰之

不可窮屈其文字一册臣今謹具進呈伏望聖慈下兩制看詳如有可採乞早賜召試謹具狀奏聞

論代州開壕事宜劄子

臣昨到代州見其城壁甚堅壕雖三重而地高無水惟一面有城中棄水停聚其壕不足恃以爲固然尚爲三重高下相連猶可以隔奔突近年有臣寮擘畫欲掘出重岸通爲一壕以臣相度若壕無水而通爲一則坦爲平地不異無壕又工料極大去年大役鄉兵所開未及三二分又治險爲平非自固之計兼工大猝難了當虛勞人力欲乞特賜止絕取進止

舉張吉代王凱劄子

臣昨至河東伏見西京作坊使王凱見在麟府路勾當軍馬司公事此一職乃是河外將領其任非輕凱雖將家姿性柔謹雖聞前後累經戰鬬而詢訪彼中衆議皆云得功非實冒賞最多見今勾當軍馬一司雖無大過而軍民將校不得其情衆口紛然莫能服衆臣亦累詢其緼畜絶無所長緩急邊防事宜必不能指揮諸將奮勇立功況其在彼將及二年伏見河東提點刑獄職方員外郎張吉爲人有心力膽勇材幹可稱先在府州經第一次圍閉倉卒之際應變有

謀至今府人思之不已兼諳知邊事曉達軍情臣今保舉堪充邊將任使欲乞特出聖恩與超換一近上使名令代王凱族幾緩急可捍邊防如蒙朝廷擢用後犯正入己贓及邊事敗悮臣並甘同罪今取進旨

論不才官吏狀

臣昨往河東一路所見官吏内有全然不任其職須至替移者今具姓名如後

一知澤州度支郎中直史館鮑亞之年老昏昧視聽不明行步艱澁本州職事全然不治昨轉運使劉京至澤州決遣公人手分六十餘人兼信

縱手分拆諸縣村學要蓋州學及歛掠人户錢

一千餘貫充蓋造州學使用等事件甚多其人

西京廣有家活而昏病之年貪禄不止伏乞轉

與一致仕官

一知汾州虞部郎中范尹年老昏昧不能檢束子

弟在州販賣搔擾人民伏乞特與一致仕官

一憲州通判國子博士劉與年及七十行步艱難

精神昏眛雖已得替伏乞特與一致仕官

一平定軍樂平縣監酒借職石貴本是軍中出職

因捉賊不獲降充監當其人不識字又是獨負

如允臣所奏乞下樞密院三班著爲定令

右謹具如前今取進止

乞罷刈白草劄子

臣昨至河東聞得去年轉運司擘畫於諸州軍差兵士収刈白草數目雖多然其害不淺臣所過州軍皆稱白草爲患蓋河東山嶮地土平闊處少高山峻坂並爲人户耕種惟荒閑草地去人絶遠兼又不多兵士収刈般擔地里闊遠工課不辦其兵士往往逃亡州縣遂差鄉兵及村民配數般擔百姓避見遠般辛苦褁費又多遂只將稈草送納非次更成一重科配

其納下真白草者支與軍人餵馬不及稈草又皆不樂及草場中不耐停留專副有損爛陪填之患兼虚占却雜役兵士諸處脩補城壁諸般工役處處闕人不便事多臣今略舉數事如後

一據遼州狀分析勘會在州及外縣寨專副掛眼等下山白草共肆萬柒阡伍伯陸拾肆束内在州每月約支叁伯壹拾叁束及外縣寨每月約支壹伯肆拾餘束約得向去捌年零柒箇月支遣其上件山白草自去年八月已後至年終本州及外縣鎮差兵士并散從官步奏官承符手

力諸色公人等入山收刈到逐旋般運赴場送納積疊收管其上件山白草若經今夏雨水必是大段損爛不堪經久存留委是詣實

一臣昨六月中旬内至保德軍闡得本處白草差百姓公人般擔至今尚未了疑其白草是去年秋間刈下積露田野必須損爛因採問得村外白草已並無其差配着擔草人户却於請白草兵士處旋買納官每一馱子三百文省

一據岢嵐軍狀自八月二日起首至十月三日住止元差兵士一千三十八人至放散日逃士一

百三十六人只有九百餘人入役收刈到草玖
萬二千九百餘束將軍人請受諸般錢物計七
千三百七十二貫文若比筭買草價錢每束及
七十九文省

一平定軍元差宣毅兵士刈草本軍爲兵士辛苦
逃亡及自縊者一月中四五十人遂放散兵士
差兩縣村民往往只將稈草送納忻州亦爲刈
下無人般擔配與百姓人户亦多將稈草送納

右具如前其諸州軍各稱白草不便不能一一條列
伏乞特降朝旨速令止絶緣臣昨七月初離汾州見

轉運司已抽晉絳兵士耕於沿邊刈草竊恐即今已下手收刈乞早降指揮放散況勘會本路一年秋稅和糴等草共五百餘萬束慶曆三年一年只支四百餘萬今年馬軍抽減歸京後馬數少於去年其稈草等數必不至闕少今取進止

乞免浮客及下等人户差科劄子

臣昨見河東人民疲弊道路怨嗟蓋自兵革一興調斂繁重今兵未能減用未能節但當卹其貧困稍得均平則民力粗寬怨嗟可息往時因爲臣寮起請將天下州縣城郭人户分爲十等差科當定户之時繫

其官吏能否有只將堪任差配人户定爲十等者有將城邑之民不問貧窮孤老盡充十等者有只將主户爲十等者有并客户亦定十等者州縣大小貧富既各不同而等第差科之間又由官吏臨時均配就中僻小州縣官吏多非其人是小處貧民常若重斂河東諸州并州最大遼州最小并州客户不入等第遼州盡入等第臣昨至遼州人户累有詞狀遂牒本州據州狀稱檢估得第七等一户高榮家業共直十四貫文省其人賣松明爲活第五等一户韓嗣家業二十七貫文第八等一户韓祕家業九貫文第四等

一户開餅店爲活日掠房錢六文其餘嵐憲等州岢嵐寧化等軍並係僻小凋殘之處其十等人户内有賣水賣柴及孤老婦人不能自存者並一例科配臣勘會慶曆三年一年諸州軍科配惟并遼州火山軍三處第九第十兩等人户免得配率若并州免得則他處豈可不免蓋由官吏臨時均配是致不均臣今欲乞特降朝旨下河東路一槩將貧民下户減放差配令具畫一如後

一并州最大在城浮客不入等第遼州最小縣郭浮客盡充等第臣今欲乞將遼州客户比類并

州特與放免等第其岢嵐保德軍嵐忻等州亦有浮容充等第者緣彼處浮容當屯兵之地經營物力過於主户尚堪差配遼州荒僻與近邊州郡不同乞特與放免

一臣體問得河北陝西二路州縣科配止於第六第七等今河東除并遼火山三處外並差配下及十等臣今欲相度并晉絳潞汾澤等六州在河東物力比他州富實其第九第十兩等人户乞與免差配其餘州軍第八第九第十三等人户並乞特與放免差配取進止

乞免蒿頭酒户課利劄子

臣竊見河東買撲酒户自兵興數年不計遠近並將月納課利支往邊上折納米粟近又轉運司擘畫將課利稍多者四十九處並已官自開沽其餘衙前百姓買撲者皆是利薄之處其衙前公人差遣重難百倍往日而酬獎場務有利處官已奪之其見今利薄場務又更有邊遠折納陪填之費兊欠課額破家業被鞭扑不堪其苦其百姓買撲者自兵興以來若於支移輸納並無人肯承替有開沽五七年十年已上者家業已破酒務不開而空納課利民間謂之蒿頭

供輸臣昨至忻州據百姓陳明狀稱元有蓋順天禧四年買撲酒務至乾興元年身死家破什保人陳明等蒿頭代納至今二十五年臣遂差崞縣令王旭於忻代二州一一點檢酒户見今開沽及即目正名身死人户蒿頭代納者尋據王旭狀列一十八户係正名身死什保人開沽送納十二户係並無人開沽只是什保及干繫公人里正等賠納及什保人家破後來承買什保人産業户下蒿頭代納臣略行勘會二州已有三十户則諸州其數極多臣今欲乞下轉運司差官遍諸諸州點檢應有蒿頭供納者並與開閣

放免係代保人開沽并正名買撲見開沽人並乞特與權免支移邊上三二年所貴利誘酒户稍獲寛舒況今沿邊粮儲不至闕少

舉陸詢武劄子

臣昨奉使河東得西頭供奉官并代州駐泊都監米光濬西京作坊使并代州鈐轄王凱四方館使并代州鈐轄張亢内殿承制并代州都監郝質供備庫使并代州都監田朏崇儀副使麟府路都監王吉等六狀各爲進士陸詢武有材勇久在邊上累曾隨諸將戰鬬乞朝廷録用臣亦曾召詢武詢問其人曾應進

士舉熟知邊事通習兵書善弓馬有膽勇伏乞朝廷特賜收録與一借奉職或縣尉名目安排令於邊防或内地多賊縣分展効如後本人犯入己贓及不如舉狀臣並甘同罪今取進止

論舉官未行劄子

臣近曾有劄子奏舉河東路提點刑獄張旨乞超換一近上使額替王凱勾當麟府路軍馬公事兼奏舉平定軍知樂平縣孫直方堪充代州通判替李舜元各求爲朝廷擢用臣伏見近日保州兵士作過與國家生一大患只爲知州通判非人不能早察軍情制

於未亂朝廷以此可爲鑒戒王凱在河外不得軍民之情及李舜元不曉邊郡事體臣所舉張旨孫直方無僥倖但以臣忝在兩制奉朝命巡行邊郡所見官吏能否合有陳列兼臣並是同罪保舉伏望朝廷特加信納其張旨孫直方早與升擢移换

論永寧軍捉獲作過兵士劄子

臣近據永寧軍捉獲作過兵士已曾具結集作過因依聞奏訖蓋以河北屯發兵馬雖多自來未有威名將帥鎮撫而卒士驕狠相習爲常昨自保州變亂之後安肅軍衛州通利軍等處相繼結集不已只如今

來趙牧等本亦別無酷虐情狀只是偶然秉試不當
況自有部署轉運提點刑獄司等處自可依公論訴
豈得小不如意便謀結集以此見雖是官吏乖方亦
由驕兵好亂臣伏見有唐驕兵逐帥之禍起自河北
始務姑息養成大患況今河北爲國家重地事之利
害所繫不輕尤宜遠慮周思防微杜漸今官吏敗事
偶寬責罰未至失刑若驕兵過示姑息一啓其端則
他時有不可制之患昨保州之事知州通判並遭殺
害其餘官吏各重行責降至今保兵自爲得志動皆
引以爲言而即目統兵之官亦自始以爲戒軍威日

削士氣益驕今永寧之事亦因茲而馴致也其趙牧等雖爲可罪若便重行黜責則河北驕兵結集竊恐自此漸多開啓其端養成後患以此而言趙牧等可罪之人誠不足惜所可惜者朝廷事體也其趙牧等欲乞候斷訖作過兵士且與移一河北隣近依舊資序差遣不使驕兵得志而後患轉滋必欲更行移降事疑朝旨定逾時亦未爲晚

河東奉使奏草卷下

右河東奉使奏草一卷按仁宗實録慶曆四年四月己亥上謂輔臣上封者數請廢麟州以其饋糧勞民利害如何章得象曰麟州四面蕃漢户皆爲元昊所掠今野無耕民一路困於饋運欲更爲寨徙其州少近府州以省邊民之役上曰州不可廢但徙屯軍馬近府州别置一城亦可紓患乃命右正言知制誥知諫院事歐陽脩往河東與轉運司同計置沿邊糧草初本路轉運使張奎鑄鐵錢於晉州民多盜鑄而知并州楊偕請徙麟州於合河津又晉州礬課歲虧併下脩計度之此卷乃當時

奏報也按公乞罷刈白草劄子云七月初離汾州又水谷夜行詩我來夏云初素節今已届殆以是月末至闕八月復出爲河北都轉運使當時行狀墓碑不云有河東河北奏草惟摘取其要切數篇入奏議集今既備載二書則奏議不必重出止就逐卷存其事目使來者有考焉又仁宗實録及李燾長編所收間與此小異蓋經史氏筆削詳具奏議第十六十八卷後

舉米光濬狀末云今欲具狀奏聞相度銅利欲牒孫巡檢或者除去欲字是未知古今具禀吏文如

此既云奏草自不須去

條列文武官材能劄子

可幹者九人（雖是九項而有十人姓名見本文）

論永寧軍捉獲作過兵士劄子

（此是河北事而元本載之河東奏草末未詳）

始以爲戒（始字恐誤）

河北奉使奏草卷上　歐陽文忠公集一百十七

乞許同商量保州事劄子

臣準勑差充河北轉運按察使，伏見河北驕兵作過，見據保州招之未肯開門，擊之未能速破，諸將集於城下，而進退攻取未有定計。臣今偶被獎擢，俾當繁使，至於應副糧草軍須之類，皆有司之常事，臣雖竭力供職，未足以稱陛下用臣之意。臣今欲乞每遇軍馬攻討招撫應干保州事宜，許臣與田況、李昭亮等同共商量施行，庶幾愚慮有裨萬一。如允臣所奏，乞特降聖旨劄子付臣及乞劄與田況等，令取進旨

舉官劄子

臣近蒙聖恩擢備任使臣勘會本路州縣至多甲馬甚衆比於三路最號繁難況今兵據保州河决德博虜人對境未測事宜當此之時以臣非才驟當重責苟一敗職所繫非輕須藉衆能庶可共濟臣今有奏舉下項官吏五人伏乞朝廷特賜勘會本路州縣闕員及有成資滿任闕處各與差除以備緩急勾當庶幾職務辦集不至敗悞今具姓名畫一如後

一前知長垣縣著作佐郎黄贇臣前任滑州通判日與贇縣境相隣熟聞其政治之迹本人近準

勑移知大寧監竊知長垣縣係祗應北朝人使有例免得遠官臣今欲乞下審官院及開封府會問保明本官實曾祗應人使及合免遠官體例特除一河北路通判差遣

一權兖州掌書記龔鼎臣有詞學明於吏術歷官六考有舉主磨勘循資今又成一考見有舉主臣今欲乞檢會本人考第舉主特改轉一京官除注河北路簽判知縣差遣

一新授舒州團練判官徐王爲性明敏有吏幹曉民政其人新授官未赴任臣今欲乞特除一河

北職官或知縣差遣

一太廟齋郎姜潛有文行通曉民間利病熟知河北事宜臣今欲乞特除一河北路縣令或主簿差遣

一試國子四門助教李邉有膽勇材武本因白身効用捉賊得功臣今欲乞特除　河北縣尉差遣

右謹具如前臣所奏舉黄贄等五人如蒙朝廷擢用後犯正入己贓及不如舉狀臣並甘同罪謹具狀奏聞伏候勑旨

乞不親教閱劄子

臣近準中書劄子節文河北宜選轉運使二員密授經略之任使其熟圖利害隂爲預備仰不住遍行廵歷所到據城壁并烽火臺防城動使家事衣甲器械一一覷步仍躬親於教閱處試驗兵士鞍馬次第者臣偶以不才被此責任若乃詢究軍民之利害相度山川之險要斡運蒭粟建易城寨以至按察將吏廉其否臧營辦工材督治器甲如此等事乃是朝廷密授臣經略之職敢不盡心至如躬親教閱此則主兵之官日行常事兼臣本司自有職事凡於軍政既不

精專而又所至州軍一歲不過一兩次暫時按視難盡精詳縱欲處置改更未必皆當况主兵之權貴於統一侵官失職於理非便臣今欲乞除點檢城壁器甲並依中書劄子内聖旨指揮外所有轉運使提點刑獄司等躬親教閲一事乞更不施行如允臣所奏乞明降朝旨

乞許轉運司差兵士捉賊

當司準樞密院劄子節文奉聖旨令真定府路定州路高陽關部署司各行移文字與合行本路管轄軍馬州軍今後每遇勾抽係路分管轄軍馬候見本屬

部署司文字即得起發并劄付河北都轉運司亦仰
依此指揮
右謹具如前當司近因巡歷至邢州據趙州寧晉縣
鄉兵都頭管用德狀及口稱緝得昨來北京走却壯
城兵士強賊一十一人見在趙州贊皇縣窩藏乞差
使臣兵士指引前去掩捕臣尋爲本州及側近地分
巡檢縣尉並在磁洺州會合見捉打劫武安縣賊人
次側近應急別無巡檢使臣可差又緣近準上件樞
密院劄子轉運司差撥兵士不得偶值宣撫使富弼
到邢州遂具狀乞就差使臣兵士已差殿直高惟正

帶兵甲前去掩捕次臣看詳近降樞密院劄子蓋爲大段起發兵馬須候部署司勾抽不欲令他司侵主兵之權事要統一敢不遵行臣欲乞今後遇有强惡賊人之處巡檢縣尉地分遥遠未能救應之間許令轉運司於就近州軍勾撥兵士一二百人以來應急掩捕所貴不致透漏强惡賊人其餘大段起移兵馬即依近降樞密院劄子指揮如允臣所奏乞降付本司及部署司施行

奏洛州盗賊事

今月十日準樞密院劄子邢州駐泊都監胡承澤奏

近準樞密院劄子監逐大名府磁相邢洺州巡檢等捉殺賊盜者今有賊人徒伴殺併到軍賊頭劉貴首級并前後捉殺獲共七人外只有三兩人見已殺併散相度更不消臣監逐收捉欲乞却歸邢州管勾本職公事候旨奉聖旨令河北都轉運司相度指揮訖奏

右臣昨自到任累據北京邢洺磁等州節次申報軍賊或十人十五人至二十人在西路數州之内驚劫人戶擄奪遞馬并鄉村生馬騎乘倏忽往來不辨頭首姓名及每火人數尋根問得元有殺巡檢縣尉軍

賊劉貴一火及近日大名府走却壯城兵士九人共兩火略知姓名雖曾捉殺得數人然其餘黨昌熾愈甚或旋合火伴或脅逐村人到處一二十人動成羣隊臣今月九日巡歷到洺州南準本州巡檢走報稱有軍賊十四人打奪臨洺界馬遞鋪同時又據磁州申武安縣軍賊二十人入縣鬭敵傷着兵士及燒却草市當日又據權巡檢殿直高惟正申邢州沙河縣九月一日有賊一火打劫村民史秀至十一日臣離洺州至故城馬鋪又聞前面馬鋪有賊四人白日騎馬帶甲羣行過往向東雞澤縣賊勢如此交橫其

巡檢縣尉等並各未見向前捉捕臣雖已一面催促巡檢縣尉等及牒逐處併力掩捕及體量巡檢縣尉內有畏懦不能捉賊者續乞替換行遣次不委胡承澤妄有申奏只有三兩人未獲意欲速罷捉賊差使兼臣曾召承澤問當口稱奉宣監捉本不令躬親捉殺兼宣撫使富弼已權差供奉官武永孚內殿承制魏辛等充邢洺五州軍捉賊方今盜賊勢雖未衰其胡承澤臣已牒令却歸本任去訖

乞一面罷差兵士挼磨

右臣準中書劄子訪聞昨來石待舉擘畫酒務內令

兵士拽磨所貴省得草料轉運司尋依此遍下諸州軍施行訖今仰立便指揮只依舊用驢子拽磨仍具因依聞奏臣今檢取到元初一宗行遣公案勘會得慶曆三年十一月九日轉運使張沔因巡歷到保州本州通判石待舉擘畫申請乞更不差磨憔驢子只以廂軍兵士推磨所有轉運使張沔尋依所申行下今來朝廷指揮仰疾速止絶本司相度即目已是秋深磨憔踏麴罷多日兼又保塞亂兵纔息若非時急行出上件指揮深慮扇惑小人別致引惹欲乞直候來年將及踏麴之時只作本司一面行遣依舊却差

驢子所貴不至張皇引惹謹具狀奏聞

奏李昭亮私取叛兵子女

右臣近巡歷至保州訪聞得部署李昭亮昨因保州開門後入城將雲翼第九兵士妻女分配與諸州軍軍員等本爲是作亂兵士妻女配與軍營要行戒勵却於其中揀選軍人女子先自將入昭亮本家及手下兵士使臣通判官等遞相倣傚亦各私取歸家軍民傳聞道路喧沸其李昭亮等知臣覺察舉行遂却轉遞出外即目未知去處尋據定州通判馮博文狀陳首稱妝得長行許秀女一人臣等勾到許秀女子

小姐及元傳逆兵士楊遂王在共三人已牒送真定府通判王鵬於本府置院推勘去訖謹具狀奏聞

乞不詰問劉渙斬人

臣近知吉州刺史劉渙新到保州因點檢軍資庫有虞候張吉無禮及擅開金銀籠子不伏知州指揮已行處斬訖竊聞前轉運使張沔曾具奏聞深意朝廷别致疑惑況保州新經兵亂河北士卒素驕處置權宜難依常法伏乞朝廷更不詰問所貴不致引惹今取進旨

訪問逐州利害牒

當司勘會轄下州軍縣鎮地里闊遠戶口財賦兵甲甚多逐處官吏所見公私利病竊慮當司巡歷未到之間無由一一詢訪須議專行公文者牒具如前事須牒某州候到仰遍牒在州及外縣鎮官員內有見得本路及本職務不便事件及民間弊病可以興利除害者並密具文字子細條列直赴當司投下以憑看詳可否

乞不令提刑司點檢賞給

臣近准樞密院劄子節文河北諸州軍將來所支廂禁軍賞給折支奉聖旨劄與轉運提點刑獄司疾速

分頭遍行點檢續準宣頭節文令下河北轉運使副提點刑獄朝臣使臣候到逐處將賞給物色若是估價尚高便仰重行估計其劄子宣頭並不得下司者臣伏詳朝旨本爲賞給之物不可虧損軍人又緣士卒素驕亦須鎮靜故每干賞給文字多令不得下司者蓋慮張皇却生引惹今若只令轉運司點檢即可以因巡歷名目每到州軍自合點檢倉庫因便於軍資庫内點檢如此方可不至張皇其提刑司自來不管錢穀忽至州軍却入軍資庫點檢即兵士皆知朝廷畏懼軍人特令點檢如此却成引惹又慮諸州軍

見自來提刑不管錢穀怨要入軍資庫不肯應副則須明言有朝旨點檢賞物又全違不下司之意有此事體不便伏乞朝廷專責轉運使一面點檢準備況臣累準朝旨指揮丁寧嚴切已各行下諸州軍及見巡歷因便點檢亦恐州軍數多南郊漸近遍到不得即乞密委本州通判等就點檢所貴不至張皇如允臣所奏乞明降聖旨指揮更不令提刑司點檢所貴別不張皇引惹取進止

保舉王果

右臣等伏見前知定州皇城使王果移知密州或聞

朝議罪果昨攻保州之日傷中兵士數多及縱兵掠奪南關人户財物所以降移差遣臣等體量得昨來保州兵士作亂之初便欲自南門突出賴果領兵力拒守得南關賊既不能奔突遂閉城門兼初閉門之時尚可斬關而入爲諸將心不齊一致果不能獨進其兵士傷中人多蓋是果能得士死力奮勇爭先雖有中傷尋各完復其後累降招撫賊衆擐城投降亦因外兵攻圍示以必取賊知窮蹙方肯聽命果之力戰不爲無助其南關人户財物乃是招收兩指揮初作亂之時先自南關劫掠然後入城果到南關只令

兵士於招收叛卒營内就其糧水兵士或得些小物色多是叛卒遺棄之物然東關人户亦不免刼掠昨來保州城開之後兩關人户皆有狀稱刼掠財物不少足明因亂被刼不獨南關蓋緣王果爲性剛勇奮不顧身但務盡忠不恤毁譽若朝廷當用兵伐叛之初罪先登効命之將使冒矢石中傷者被責而避賊不戰偶無傷中者得遷竊慮賞罰失中無以勸戒兼臣昨因巡歷至沿邊州軍訪聞軍民嗟憤皆以果當被賞而不意被責累經本司及宣撫司陳訴舉留伏望朝廷審察愛憎之言保全忠勇之士其王果伏乞

特與清雪復一河北沿邊重地差遣所貴下叶軍民之議激勸將吏之心謹具狀奏聞

保明張景伯

準宣頭節文磁州奏據武安知縣張景伯申今月六日有軍賊約二十餘人入縣圍劫縣城有守把兵士三十餘人於縣門樓上相射賊人中箭後便惣出往城西草市打劫劉簡家財物乞指揮收捉去訖奏聞事宜令河北都轉運司疾速體量詣實如是上件賊人曾打劫縣城裏面人户財物所有本縣官員仰依近降指揮取勘施行并下提刑司火急指揮應干繫

地分都同巡檢使臣及捕盜官等仰立便部領兵甲
弓手等會合捉殺須管敗獲所乞權差兵士百十人
防護縣城即仰轉運司疾速相度差撥訖奏聞者
右謹具如前當司勘會先據磁州狀申今月六日有
軍賊二十餘人入武安縣内打劫被知縣張景伯部
領守把兵士於縣門樓上相射賊人中箭出往城西
草市内打劫劉簡家財物粘逐前去值夜捉賊不獲
乞差巡檢縣尉會合捉殺及乞於諸縣添差守把兵
士及權差義勇防托當司尋遍牒都大捉賊徐夔及
地分巡檢縣尉等分頭捉殺及牒磁州差兵士義勇

量支器甲防守縣城相次據徐夔及沙河縣令申斫到賊頭一箇及胡承澤申永年縣百姓殺頭二箇又據磁州申活捉到軍賊張㝡一人斫到徐木大趙二頭二箇其餘並是元被賊人驅虜去遞鋪兵士及百姓等並各詣逐處首身訖外即目磁洺之間別無賊盜當司體量得上件賊人元初於武安縣打刼被知縣張景伯與兵士三十餘人用命射中賊人致其潰散因此徐夔等接勢收捉斫殺方得盡静其武安縣吏難議更行取勘謹具狀奏聞

乞罷郭承祐知邢州

臣近日伏覩差郭承祐知邢州臣自蒙朝廷差充轉運按察使已來前後累準密降不下司宣頭劄子令常用心體量轄下官吏臣細詳朝旨本為河北於天下諸路最為用武之地曩因北虜通和之後弛備多年一旦恐有事宜百事隳廢朝廷悔鑒前弊故先慎擇官吏務欲脩整頹綱昨準宣頭節文一十九州軍擇人久任外其餘州軍長吏令中書門下樞密院選差并下轉運司體量大小文武官不堪其任者不得容庇不才因循不切糺舉却致臨事闕悞朝廷留意河北丁寧切至如此加以近自保州兵亂之後至今

民尚虛驚軍情未帖相次順安軍瀛州安肅軍衛州通利軍等諸處不住驕兵扇搖結構當此之際臣實不意選差郭承祐爲河北長吏承祐須知澶州引惹修城兵士幾至作鬧去年差來河北將兵臣在諫院曾極論列尋罷知相州貪穢之狀狼籍多端又爲按察使張昷之奏論罷爲北京部署今者移陝西遷延不去又以邢臺委之當河朔多事朝廷丁寧留意之時承祐累任不離河北不審其人果以何能當此愼選承祐庸劣貪穢奴廝之材若以曾効僕使之勞不忍廢弃豈無閑處可畜養之況邢州北連鎮定控扼

西山軍馬所屯人民繁富衛戍鎮俗尤須擇吏萬一
乏人選差止得中常之材尚勝承祐伏望朝廷顧惜
河朔名藩重地不使庸劣小人壞之其郭承祐伏乞
特賜指揮罷去邢州別選差人取進止

再奏郭承祐

臣昨覩朝廷差郭承祐知邢州已曾具劄子奏論乞
別選差人至今未奉朝旨臣昨因準中書劄子權知
成德自邢州經過見其城壁嚴整居人繁富不惟爲
朝廷惜此名藩重地兼痛惜一城軍民將罹其毒仍
採問得邢州之民自聞朝廷差下郭承祐其上等人

户各許免行户及欲逃移他郡緣承祐久在河北其贓穢之狀人盡知之竊恐朝廷未知民情不悦如此謹再具奏聞取進止

五保牒

當司檢會轄下諸州軍近年不住申報盜賊羣火極多蓋緣盜賊必先須鄉村各有宿食窩藏之處及所得贓物常有轉賣寄附之家然後方能作賊所以自來每有羣盜驚劫及至官司捕捉又却分散不見蹤跡卒難尋覓蓋爲鄉村不相覺察致得姦盜之人到處便可容隱兼檢會準户令諸户皆以隣聚相保以

相檢察勿造非違如有遠客來過止宿及保内之人有所行詣並語同保知雖然有此令文州縣多不舉行昨因巡歷到通利軍問得舊來常有盗賊逃軍爲患近歲黎陽衛縣各將鄉村之人五家結爲一保自結保後來絶無逃軍賊盗公私簡静其利甚博須議專有施行

右具如前當司相度隣聚相保之法是國家見行勑令於公私甚利然今既舉行若縣令非才不能制馭公人胥吏則勾追搔擾未見其利先爲民害以此當司未欲一槩遍行指揮今且於轄下諸縣柬選知縣

縣令公明材幹可以差委者先次施行數内某官見
知某縣事須實封專牒某官候到請詳前項事理施
行當司所録去合保次第只是大綱若更有合從彼
處民便別加增損事件亦請一面增損施行仍請先
具如何施行次第公文供報無至張皇鹵莽者
乞推究李昭亮
準中書劄子節文奉聖旨馮博文爲陳首特放更不
置院推勘如更有官員使臣等將帶却保州作過兵
士人口往本家者並許陳首亦與放罪仰本處依前
來體例配與軍員收養者

右謹具如前當司昨爲真定府定州等路部署李昭亮身爲大將不能統轄致得保州兵士作亂及朝廷累降勑牓屈法招誘叛卒方肯歸降既城開之後其李昭亮轉帖號令諸軍不得私取人口并財物却先將叛卒女口私入本家當司爲見李昭亮忝爲大將不恤國家憂患幸此亂兵利其妻女當司職在按察理合舉行遂當面詢問李昭亮其人妄稱不曾收得及通判馮博文處亦有一人知臣覺察遂急送保州陳首當司爲要見得李昭亮處私取叛兵士女口歸着遂勾追馮博文處許秀女一人及轉送兵士等於

真定府差官置院根勘本爲要李昭亮私取手下叛兵妻女歸着今準中書劄子内上項聖旨指揮欲乞除馮博文特放更不推勘及其餘官員使臣等未發覺者並許陳首外其李昭亮身爲大將不憂國家幸此亂兵私取妻女其情理不輕況已發覺無容自首伏乞許臣根勘見歸着奏取勑裁兼本司已牒推勘院令疎放馮博文處許小姐及催促根究李昭亮私取人等早行結絶未得斷遣繳送當司以憑看詳開奏去訖伏緣當司職在按察今來若舉察轄下官吏未容根究便行疎放即按察之司是爲虚設今後官

吏作過者無由糺舉伏乞朝廷特賜詳察謹具狀奏

聞

乞將誤降配廂軍依舊升爲禁軍

當司近牒真定府定州等路部署司取索昨來保州分配作過兵士人數尋準部署司公文分析到一宗分配兵士人數内二千一百六十五人配諸州軍禁軍一百九十八人配諸州軍廂軍臣昨因巡歷到通利軍勘會本軍分配係保州分配來兵士共九十人内八十人配禁軍武衛指揮十人配廂軍威邊保節指揮尋體問所配禁軍兵士八十人並是城中作過

殺戮吏民刼奪財物汚辱良善靡所不爲其人等並各配禁軍指揮仍升得軍分其十人配廂軍者元在保州城外巡警聞城中兵亂遂投定州别不曾作過當分配之時却責以擅離地分降配諸處充廂軍仍體問其人等爲見城中作過兵士却升得軍分亦累曾經知軍出頭有狀聲寃稱無過降作廂軍本軍不敢接狀然亦以其人等悠忿不敢差使功役只與閑慢處窠坐羈縻當司看詳部署司分配保州兵士之時升降之間顯是倒置今來通利軍威邊等兵士被作過之人升得軍分事相形比不得無言今若先其

無事之時便與措置尚全大體若萬一漸形怨忿别
起事端至時難爲鎮靜不免改更則轉更引惹驕兵
生事者
右具如前當司雖子細體問得上件降充威邊保節
等廂軍事節蓋慮引惹又不敢親喚本人取問分配
因依今録白部署司元牒分析到廂軍人數頭連在
前欲乞特降指揮下真定府定州等路部署司分析
元降配諸處兵士元係是何指揮及坐何等過犯降
配若會問得與當司體問得事理不别即乞將降配
廂軍人數只作因南郊該恩赦却與升爲禁軍所貴

於事稍允伏乞早降指揮

乞一面除放欠負

臣竊見自來每遇南郊赦勅除放天下欠負朝廷雖示恩卹而有司未嘗奉行是致天下常有積年欠負累經赦宥除放不得使破敗逃亡之人傳子至孫攤在親戚干繫人等追擾陪填不勝其苦臣究其弊蓋爲先降天聖編勅内欠負官物該恩除放者須得諸州軍及轉運司節次保明申奏送三司并理欠司定奪經歷官司既多則往復問難拖延日月故每一次赦恩除放則未能了當者蓋由關防太密經歷處多

使赦宥之恩擁隔不能及下而官司胥吏反爲擾擾之資臣伏覩今年赦書節文内所該欠負官物特與除放者若干項内若干項並特與除放内一項即令本屬及轉運司保明聞奏切緣雖申奏下三司理欠司即不免往復問難拖延日月使除放赦恩不時及下臣今欲乞除赦文内一項元指定令保明申奏者依赦施行外若干項係赦恩特與除放者並許轉運司子細勘會先行除放訖一面申三司及理欠司乞作點檢如敢夾帶不合除放之人誤行除放者其轉運司官吏並科違制之罪況三司轉運司俱是掌錢

斂之司其轉運司尤以聚斂爲功只患刻剥太過雖不經三司覆驗必不敢濫行除放如允臣所請乞特降指揮下諸路申明赦文内令保明者並須申奏其餘特與除放者許轉運司除放訖申三司今具畫一如後

一應乹興年已前諸州軍帳内有橹管諸色欠負年深及累經界分登帶不見年代名件見無家業抵當及正身亡没配流不在攤在妻男及干繫人處理索自來催納不行者不以有無侵欺盜用並特與除放此一項臣今欲乞先行除放

訖申三司

一今日已前諸色欠負官物并於干繫十保人處攤理元不顯侵欺盜用者或雖是侵欺盜用本家并干繫十保人内有委實見無抵當者並仰本屬及轉運司保明聞奏當議特與除放此一項臣今欲乞依赦文保明申奏

一應陝西河東諸般綱運般送衣甲器械等緣路死損却官驢騾并磨㯳損折漬污及去失疋帛係剩納虧官錢元不是侵欺盜用者並與除放此一項臣今欲乞先行除放訖申三司

一應天下州府軍監縣等應干繫節級手分自來有失行遣催納官物并誤行支遣委不是啓倖侵欺見行攤納者並與除放此一項臣今欲乞先行除放訖申三司

一應慶曆三年終已前諸道州府軍監人户先因災傷支借過貸糧草斛㪷除納外見在欠數目並特與除放此一項臣今欲乞先行除放訖申三司

一應慶曆三年已前諸處夏秋因災傷倚閣稅數並特與除放此一項臣今欲乞先行除放訖申

三司

一應今日已前幕職州縣官在任及未到任亡没者如曾借過月俸並特與除放此一項臣今欲乞先行除放訖申三司

一應諸般欠隱陷税租今日已前已根磨出累年積欠數目見行理納者並特與除放此一項臣今欲乞先行除放訖申三司

一應羊綱死損虧折斤兩別無欺弊者並特與除放此一項臣今欲乞先行除放訖申三司

一應江淮兩浙荆湖福建川峡等州軍監并黄河

在京肆排岸稍工兵士牽駕綱船般運物色内有少欠元無欺弊見尅折請受者並特與除放此一項臣今欲乞先行除放訖申三司

一應諸處有水火損敗官物及綱船遭風水抛失不虚及賊偷盗勘會分明别無欺弊者並特與除放此一項臣今欲乞先行除放訖申三司

乞真定府分驍武兵士别作指揮

臣勘會昨準河北宣撫使司指揮真定府驍武雲翼共五指揮各以五百人爲一指揮外共賸併出九百三十七人别爲兩指揮本司已依近降樞密院劄子

未敢分擘先具分擘團併人數聞奏聽候朝廷指揮
去訖臣檢會昨準宣撫司劄子下河北諸路分併指
揮兼令轉運司應副木植人工修蓋營房其諸處各
爲少闕材木未曾修蓋營房仍未及分併指揮之間
已準樞密院劄子令奏候朝旨以此諸州兵士指揮
各未曾分擘營房亦未敢脩蓋惟有真定府一處爲
有見在木植甚多於未降到劄子已前尋便依準宣
撫司指揮踏逐到營房地支撥一色新好材木修蓋
到營一座即今將欲了手元指定作驍武兵士各爲
住營内人多屋少多是兩三家共住一間經夏暑雨

存住不得爲見官中修營分擘指揮人各忻然遂其私便各自用功修蓋全不曾催督只及月餘已相次了手竊慮朝廷元降劄子指揮内有七百人已上處方許分擘今來驍武三指揮各只是六百四五十人已上以此不令分擘又慮朝廷不見得本府驍武兵士已共力興工蓋成好屋今若却不令分擘即恐兵士已指望上件營房屋住頓然失望於軍情不便伏乞朝廷特賜詳察其諸州軍即須候奏得朝旨分定指揮方得興蓋營房其真定府一處已蓋了營屋者伏乞早降指揮許令將驍武兵士分擘爲一指揮於

新蓋成營内居住所貴下順軍情别不生事仍乞檢會部署司前奏人數早賜施行取進止

乞放行牛皮膠鰾

臣累據轄下州軍狀申爲舠造添修兵器乞牛皮筋角膠鰾物勘會本路見在常是全然闕絶民間雖有禁法合逐旋納官及點檢帳曆亦全無人户納到數目亦曾聞奏及申三司乞自京師支撥又爲京師諸庫各稱亦是數少或累申奏不曾支得縱或支下亦數目不多應副使用不足其諸州軍又爲上下催促造作甚嚴每於難得之中或時支得些小不暇揀擇

好弱兼更使用不足須至減料那融只且備數修緝僅能成器全不堪用今河北一路兵器萬數雖然不少而精好堪用之器十無一二臣究其弊蓋為皮角筋膠難得之故臣因勘會自來國家明有禁法民間筋角須盡納官河南膠鰾又不許過河北既有此禁便令民間更無兵器今河北見管義勇十七萬有餘人人自有私弓弩此是官司明知其數者更有不係義勇之家例有弓弩不少其筋角膠鰾從何而得能致弓弩如此之多以此見國家禁法未便只是禁得官中絕無民間不能禁止臣今有起請擘畫事件伏

乞朝廷特賜詳度如允臣所請乞賜施行庶得今後更不專仰朝廷輟那支撥而物料漸有兵器可精今具畫一如後

一未兵興以前舊制民間自死牛皮筋角並中賣入官量爲三等支價錢其不及等者退還百姓及許客旅販賣官中置場收買當時公私却不闕少自兵興後來改法甚嚴人户自死牛馬皮筋角限半月赴官送納許人陳告隱藏者支賞自有此指揮後來人户絶更不曾經官送納亦無人告首隱藏者豈可二年之内舉河北牛馬

全然不倒死以此足見改法之弊蓋其拋死牛馬已是下民之苦更不支得價錢令人户自納及更令陪錢於官司使用了納又令盡底納官絶却民間使用以此民不爲便緣此等物各是民間要用之物陳告又支賞錢不多所以各相蔽蓋無由發露今年雖亦許破官錢收買緣已有上項盡底納官之條民若不納官而中賣即是違禁之物以此收買不得臣今欲乞却依天聖編敕及前後舊條許人户自死牛馬皮筋角中賣入官分爲三等支錢不及等者退還本主

及置場收買客旅興販者如有及等皮角不中官賣即許人陳告如此所貴却似舊日公私各獲濟用

一臣體量得河北私置弓弩並無河南過者膠鰾只是河北自有蓋滄州大海出魚不異南方及塘泊之中魚亦不少河北人民並能煎鰾出處只百十文一斤自來民間公行官司只是黄河不放過南膠外本土膠鰾州縣無人點檢禁絶民間取足使用但官中自禁耳臣今欲乞滄州及瀛保等州相度置場收買必然大段易得竊

慮議者猶恐官既收買則民間公行因此北界
爲不便況今官雖不買民間亦不曾禁北人從
來不籍南界販鰾豈闕無弓使用以此言之不
足疑也
右謹具如前所有牛皮筋角等臣只見得本路利害
仍乞更下諸路轉運司相度利害取進止
乞展便糴斛㪷限
當司近準三司牒爲便糴斛㪷仰依編勑至三月終
住便更不展限者當司勘會沿邊軍儲事大累年斛
㪷入便不敷慶曆元年只便到八十五萬二年只便

到四十五萬三年只便到一百四萬今年方遇豐熟正是好行入便之時價例比去年大段低減兼每年客人雖有斛斗不肯便行入中須待體探年歲豐儉及伺候官中價例高低常至三四月間方始猛來入中今若只於三月盡頓然中止即邊儲大段闕悮況元拋四百餘萬斛斗即今全未糴得莫州元拋二十萬方糴便到一萬二千有餘信安三十萬方便到四千有餘霸州一十九萬方便到三千有餘其餘大約似此全未及數只指望四五月間趂逐入便若便及省司元拋數目只及四百萬石不得一年約支之數

若頓然住却必見大段誤事者

右謹具如前伏乞朝廷特賜詳酌體認河北軍馬糧儲事大兼累年便糴不前趂此年豐價賤之時且乞依常年便糴至五六月已來只便及省司元拋數目即止兼自有便糴已來年年展限客人以習慣其事皆廣爲計置直候依常年四五月方來入中今若只於三月止住即不惟全無入中致闕乏悞事兼恐賺悞客人向後無由入中伏乞特下三司許令且依常年體例候糴及元數别聽朝旨仍乞速降指揮

乞罷御河催綱

臣伏見沿邊鎮定等十六州軍每年入中斛㪷並支在京一色見錢自來不止全仰沿邊入中亦於近裏州軍計置斛斗從御河漕運輸邊所以軍儲不闕近年廢却御河運船不曾般運只藉沿邊入中加又京師近歲難得見錢客旅交鈔無價雖於沿邊多添價例終亦入中不前近裏州軍却合相兼計置然須先修運路俟漕運路既行方敢近裏儲積今有擘畫事件一乞復置御河催綱二員一乞將見行三說新法地分與沿邊見錢糴州軍分爲兩番更互入中所費漕運通流邊儲易備在京亦省費見錢之半今具利

害晝一如後

一點檢本司帳曆係管御河堪好糧船一千八百隻見在只有三百餘隻内一千五百隻不知所在自來不曾點檢見差官二員根磨尋覓至今未見歸着其見在三百餘隻每年亦全不曾般運斛㪷只是雜般虛名占使蓋由御河催綱廢罷後來綱運無人提轄致得綱梢偷減拌和濕爛損惡却饋邊之粟因此轉運司漸廢漕運之利殊不思若只仰沿邊入中則在京廣費見錢在京錢少則沿邊亦難入中兼昨本司近據廣

信軍通判蔣賁擘畫求得江南配來船匠打造
鏁栰船比舊船减省得物料人工又可以封鏁
不令偷拌已打成一隻甚見利便見令廣謀打
造次臣今欲乞朝廷却復催綱二負一負依舊
於大名府一負於乾寧軍漸用新船與行漕運
之利
一勘會沿邊十六州軍元係見錢便糴外近裏大
名府等七州軍近年已許客人三說入中然二
法不可並行若兩處抄價若相爭即客人只就
近裏入中蓋沿邊全少土居斛斗皆藉近裏客人販去中官若沿邊價

高有利即近裏少人肯入以此二法並行未便

臣今欲乞將見錢三說二法分爲兩番一年於

沿邊見錢入中則近裏權住三說次年於近裏

行三說即沿邊權住見錢若近裏入中而權住

沿邊斛斗無所徃官中便糴必多若沿邊隔年

一入則京師減費見錢之半不至滯却客抄則

沿邊入中亦必多矣若明立二法分番示信於

客人則久遠不勞朝廷改法自可省得見錢邊

備亦易計置然近裏沿御河州軍用三說本要

輸邊則須先修運路故先乞復催綱二負也

右謹具如前臣所乞復置催綱及䊮便利害伏乞朝廷特賜裁度如允臣所請即更有約束條件候朝旨別具奏聞

乞催納放外稅物

臣等近覩赦書節文應今年係災傷處已經體量見欠稅物未得催理奏取指揮當司勘會本路一十二州軍各係水災人户已委官體量到合放稅數具帳申奏其放外稅物並是見在苗畝上合納稅數若更行減放則姦倖之人枉有拖陷省稅及元計度軍儲失備已具狀奏聞乞將第四等已下人户依赦取奏

朝旨外第三等已上人户放外合納税物乞許依例
催納至今未蒙指揮當司今再將合納合放税數勘
會合放税數已及七十四萬餘石束貫外合納尚有
四十餘萬若更行減放即恐無名虛放數多軍儲大
段失備況今年河北大豐熟三二十年未有如此豐
歲其係災傷地分已盡數檢放外合納税數若於豐
歲更行除放即恐軍儲失備將來歲不常豐或小遇
不熟及緩急闕乏不免却煩科歛臣等今欲乞朝廷
檢會本司前奏特降指揮其第三等已上人户除已
放外合納税數乞依例催納外第四等已下人户放

外合納税數仍乞與免支移折變只令納本色或見錢則優倖已多所貴赦恩下及貧民上户不至僥倖兼即令輸納是時如允臣所請乞速降指揮令取進止

乞置弓弩都作院

當司勘會近曾擘畫乞於磁相州置都作院打造兵器已蒙朝廷依奏及差到監官等見催促磁相州蓋造營房作院及抽柬工匠打造一色精好器械次切緣磁相二州只是鐵作院所有弓弩元未曾别有擘畫當司今相度得西山一帶所産弓弩良材甚多自

來係相州盤陽務採斫應副諸處使用今欲乞就近於邢州置都作院一所專打造一色好弓弩久遠甚爲利便蓋緣弓弩二物於兵器之中最難打造尤要精專至於煎膠披筋各有法度燥濕寒暑有日時製造遲速之間若一事不精遂不堪用兼亦不久易損壞見今諸州軍弓弩造作之時既皆草草造成不久尋復損壞又須從頭修換一番修換未了一番已却損壞即目諸州並不暇打造新弓弩只是終年修換舊者積壓無由了絶有打造成後不曾經使已修三五次者修換既頻轉不堪用虛費人 功物料久遠悞

事不細其弊如此蓋由散在諸州打造工匠及監官皆不齊一本司亦難爲點檢故也若蒙朝廷許置都作院即選得專一監官柬擇精好工匠製定工料法式明立賞罰可以責成兼亦易爲點檢者

右謹具如前所有磁相州鐵作院并今來起請弓弩都作院剙置事初合立規法欲候朝旨許置弓弩作院剙置事一就條列續奏乞賜指揮遵守施行次伏乞早降指揮謹具狀奏聞

乞再定奪減放應役人數

臣勘會轄下州軍使州院節級前後行并通引官客

司書表司等並各於元定勑額人數外有影占上等人户前轉運使張昷之等遂令諸州軍據元額合留人數外剩占之人並減放歸農雖減得人數不少其如當時逐州行遣不一或不問户等高下從下名減放者或有於下名之中柬上等人户影占之人減放者或有不問節級前後行只柬上等人户減放者遂致減放之後不絶詞訟近累據減放公人等過狀却乞收叙又緣諸州減放事體不一若盡據減放之人却行收叙則顯違先降勑條額定之數若全不收叙則又有前行節級繫名多年者難盡不收亦有州軍

經減放往往輙已行收叙者臣等兼檢會日近雖有條貫前行不免里正然額外人多終是不便若額外手分無賄賂乞覓之倖則不可使其更當兩役若有賄賂乞覓之倖則不當額外剩置人數以此而言只合依勑額爲當竊以事既干衆必欲州縣久遠遵行則須乞自朝廷明降指揮庶爲定令臣等今欲乞特降朝旨申明元定人數許本司遍取轄下州軍見管人數及已減放之人衮同依入事年月上名下次排連從上據勑額元定人數存留外截下額外之人不問户第高下一時減放如此則年深上名却得收叙

額外盡減又不違勑條内有州軍元定人數全少後來户口增盈及公事委實繁多之處乞許本司差官定奪量與添人具數聞奏立定爲額庶絶詞訟兼可永久遵行取進止

乞不免兩地供輸人役

近又準中書劄子節文知保州劉涣奏欲乞朝廷相度沿邊州軍應係兩地供輸人户比附一州軍内人户量與减免州縣色役奉聖旨宜令轉運司勘會聞奏本司方行勘會相度次續再準三司牒伏乞朝廷指揮内有界河北兩地供輸衙前兩地人户全放歸

農只令輸納税賦奉聖旨依所奏施行臣勘會沿邊界河以北百姓雖有兩地供輸虛名其税賦已經太宗皇帝朝全放即今只於北界納税唯有差役則兩地共之今若全放界河北人户差役即是税賦差徭全不屬中國所管既不能賦役其民即久遠其地亦非中國之有此事所繫利害不輕又緣放免界河以北人户歸農指揮元不曾降下本司相度只是朝廷下三司直降下沿邊施行已行之事雖失難追然昨來所放只是衙前客司第一等人户差役所有以次户第等等諸般差遣竊慮人户援例别有詞説及邊臣

更有奏請乞不與施行其劉渙起請亦乞更不施行取進止

再乞不放兩地供輸人色役

臣勘會本司近準三司牒爲臣賽起請沿邊乞減放兩地供輸衙前及係自京支下官物並令三司差軍大將管押前去及係外州軍支撥者即令支下州軍差衙前人管押赴逐處奉聖旨依奏施行臣看詳臣寮所起請上項三節事理内減放兩地供輸牙前及般運官物令支下州軍差衙前管押此二事甚爲不便其兩地供輸人減役一節本司累曾具不便利害

奏聞近因程琳有奏巳蒙朝廷行下却且依舊差役外有般運官物令支下州軍差衙前管押此一事葢是元起請臣寮不見得本司逐旋支移官物次第所以不詳利害切緣河北一路沿邊州軍每年所用絲綿紬絹見錢等數目不少並只出在濵、德、博四州每遇邊上州軍少闕即本司於此四州支撥無有虛月若一一並令此四州衙前盡應副沿邊諸州軍即衙前人數有限官物般運長無虛月其四州本處亦各自有重難差遣要人差使若如此施行不待久遠只年歲間立見四州衙前破蕩盡及逃亡避役有悞緩急沿邊闕絶要用之物般運不前況自去年河水決溢德博二州人户災傷貧困及係災傷地分破敗場務甚多正是衙前人等困乏不易之時尤宜存恤臣今相度若令沿邊州軍各自般運則每年轉數不多若一切令此四州應副沿邊州軍則大爲弊併臣今欲除自京支與沿邊綱運不多乞令自京差軍大將外所有本路支般官物並令沿邊且依久來體例般運所貴各得均濟令取進止

乞重定進納常平倉恩澤

臣等勘會本司近爲諸州軍有人户進納常平倉斛

斗於倉內到元降勑命內定到等第恩澤太優比省倉進納軍儲數目全然數少竊以募民入粟鬻以官爵蓋是國家權宜不得已之事茍遇軍須闕乏不欲科率人民權許兼并之家進納誘以官爵蓋備一時緩急之用其常平倉乃餘力惠民之所及豈容兼并之家緣此儌倖恩澤兼㤀豪民見常平倉納物不多見得恩澤一向只就常平倉進納更無進納軍儲之人失權宜鬻爵之本意本司爲見有此不便曾具狀申奏乞增起常平倉進納物數與省倉進納一般所貴杜絶儌倖兼不妨招誘進納軍儲其狀申奏多日至

今未蒙降下指揮後來累準提刑司牒諸處漸有人户進納常平斛斗蓋爲恩澤僥倖所以人户各來進納本司爲已有申奏起請乞增數目見聽候朝旨已各牒逐處且令未得受納伺候朝廷降下指揮今再具畫一常平倉并省倉進納軍儲數目酬獎次第伏乞朝廷比類裁酌體認本司見止住人户進納伺候勑旨次乞早降勑命指揮

乞條制催綱司

當司近準朝旨已差太子中舍賈熊充潮御河等催綱伏緣御河運路不修催綱職事久廢是致催綱兵

梢因緣作過偷減官物遲滯行程所過州軍任意截
撥舟船所經地分隨處拆拽釘板因此於一千八百
隻綱船內失却一千五百隻至今根究不見蹤由蓋
因自來全闕關防不嚴條制而致茲積弊也今已蒙
朝廷却置催綱所有合行起請事件今具畫一如後
伏乞朝廷特賜裁酌降下本司及提轄催綱司等處
遵守施行所貴革絶自來綱運積弊
一自來綱船利於雜般多將未及年限糧船故意
損壞及虛有申報退作雜般船既充雜般之後
多是妄稱不堪行運便行毀拆或於沿河孫迴

村落地分故意損壞，靠閣便於本處拆拽堆垛

在破兵梢看守有至三四年者，兵梢恣於村坊

作過及偷賣釘板。提轄催綱司元無拘轄，無由

點檢。欲乞起今年已後打造到三百料糧船，每

二十隻為一綱，同用一字為號，并造年月，刻於

船梁額上，用官火印記訖，給與綱官、梢工主管，

團成一綱後，不得輒更分破。所貴見得年限遠

近，不敢故意損壞及妄行毀拆。

一、糧船每隻以三百料為率，逐船所用釘板小大

名件既已一般，欲乞令催綱司將三百料船所

用釘板名件一一開坐雕爲印板每差梢工給
帖之時頭連一本旋鑿釘板大小數目給與令
據數交割主掌如遇損壞合行拆拽即却據元
數釘板名件送納或有少數並勒梢工陪塡如
過行運之次損壞不堪即仰申報本地分官司
檢覆亦據元數拆收立報催綱司指揮因便舟
船附帶令元主掌梢工於造船場依數交納出
給收附仍令造船場納訖據數關報催綱司照
會施行所有合退作雜般船者亦須依刻記造
成年月先後資次撥充雜般不得隔驀將新好

船揀退仍每綱據少數却以新船撥填足數

一自來提轄司支撥綱船般載官物至逐處下卸了其空舩便被沿路州軍取意截撥諸般不急使用因此積弊散失數多不能拘轄點檢今欲乞指揮沿河諸州軍不得專擅截撥遇有合般載官物並申提轄催綱官梢工候見提轄催綱等司文字支撥方得裝載行運如違各乞重行勘罷官員奏罰

一御河等水並無風波走射險阻其地里行程可以制定自來上下水空重船亦有程限但無關

防點檢之法令欲乞委轉運司將通利軍下至潮河西盡順安軍地里遠近所至沿河州軍立爲程限牒與提轄催綱司每遇轉運司有合般運斛㪷抛撥下數目裝發糧船即令提轄司具裝發去處至下卸州軍除裝卸各給十日限外沿路地里指定行程帖與綱官梢工等及一面牒催綱司依程催促仍令提轄司預先將簿照會行程約度合到下卸地頭月日續便支撥或令回載官物或令轉載向下行運亦便牒與催綱司依程催促如是下卸後並無官物般載即

仰乾寧大名兩處就近赴催綱司岸下繫泊祗
候差撥所責綱運無由散失住滯作弊
一所有帳籍文簿令欲乞令提轄催轄等司各置
簿三道一置綱船都曆一道抄上都大舟船數
目逐綱依字號隻數造成年月主捉梢工姓名
開坐如有退撥充雜般及損壞坼橵及新收充
塡數目亦一一開坐轉計每半年一度造帳供
申轉運司一置裝發勾朱簿一扇具逐綱隻數
綱官姓名裝卸官物數目月日依程限抄上催
促候下卸了勾鑿了畢逐旋關報照會一置修

坼簿一扇，每遇合修舟船，即上簿拘管，取索造船務修補日限，上簿催促，候修了勾鑿。如合毀拆變轉，即先具合坼數，月上簿，候拆了赴造船場納畢，取到收附，於催綱司呈驗，開落勾銷，仍於都曆上照會開落。每遇轉運使巡歷，並須子細點檢。

右謹具如前，當司起請催綱司條件，只是規矩大綱。更有合行事件，乞令催綱司續次申舉。其催促行程、點檢官物、拘轄斫舊舟船及拆修除破等事，並委催綱司專切管勾。所有支撥舟船應副般運，即申提轄

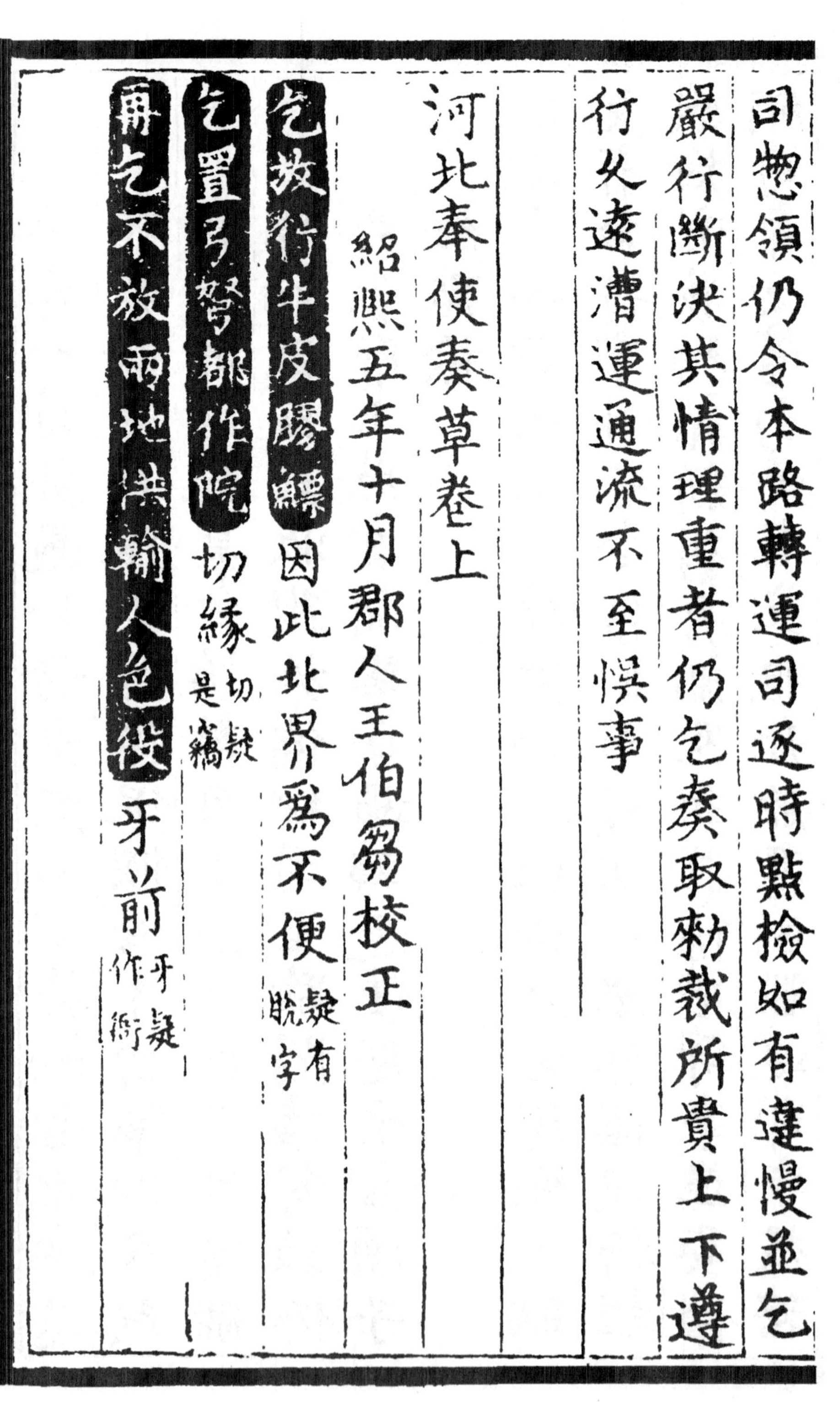

司揔領仍令本路轉運司逐時點檢如有違慢並乞嚴行斷決其情理重者仍乞奏取勑裁所貴上下遵行久遠漕運通流不至悞事

河北奉使奏草卷上

紹熙五年十月郡人王伯芻校正

乞放行牛皮膠鰾

因此北界爲不便（疑有脫字）

乞置弓弩都作院

切緣（切疑是竊）

再乞不放兩地供輸人色役

牙前（牙疑作衙）

歐陽文忠公集一百十八

河北奉使奏草卷下

乞免差人往嵒嵐軍築城

臣近準朝旨令於河北差兵士二千人往嵒嵐軍修城本司尋曾奏乞於閑慢路分抽差令奉樞密院劄子奉聖旨如委實人數不足即仰抽差一千人者雖蒙朝廷許減一千人伏緣本路除祁瀛定雄霸等州見闕修城兵士外近又節次據滄博州狀申爲河水汎漲向着緊急乞差人夫兵士應副功役本司爲轄下例各闕人已牒滄州如河水大段汎漲令應急量差人夫功役博州即見於諸州軍㓟刷例各無可抽

差方欲奏聞乞朝廷於隣路抽差應副次令凖朝旨

令依前降指揮於近便州軍應急抽那臣非不知河

北河東俱係邊防路分若本路實有兵數不少臣亦

豈敢自私一路妄有占留只緣本路實爲闕人處多

今若朝廷須令差撥即將轄下見役處罷役那往嵩

嵐縱河北事有闕悞緣臣已有奏請朝廷必未深罪

其如於事有闕在臣之職不敢不言況今年黄河水

勢不類常年即今五月已汎漲如此將來夏末秋初

必大段漲溢本司方别具奏乞於京東西路差人次

兼本路役兵多惟河上及修城西山採木等處各有

人數河上既不可抽那若抽河北修城兵士與河東修城又兩處事體不異而西山採木蓋爲即令諸處分擘七百巳上人禁軍別立指揮各要營房及敵棚樓子防城器用並是緊切不可闕用之物若不於逐處功役内抽人即轄下例各别無閑占之人可差伏乞朝廷更賜體䘏且乞令河東路一面應副嵓嵐功役謹具再奏聞

再奏

臣近準朝旨令本路差兵士一千人往嵓嵐軍修城臣已再具劄子奏乞占留其本路黄河及修城採木

緊切功役浩大及關人次第已具前奏劄子臣伏詳
朝廷指揮令於近便州軍應副剗刷勘會本路與河
東近便惟有成德軍最近其路出土門經天威軍平
定軍至幷州又出天門關經憲州飛鳶軍入洪谷方
至岢嵐約一千五百餘里據明鎬元奏稱向去二十
二箇月方了今縱河北差一千人往彼遠涉一千五
百里山險到彼卒未了當將來冬月岢嵐苦寒役兵
各須歸營歇泊令一千人往來三千里苦寒山路必
致大段逃亡作賊況北虜縱有事宜必先河北河北
重地莫如定州今定州所修城池將元計工料及見

役人數亦須五六年方了今若更抽減人往河東即河北完緝禦備全然弛廢況除定州外瀛雄祁霸等州修城處亦須向秋兼用強壯一二年内期可了當本司非不能張皇事體煩黷朝廷乞人蓋以北虜即今别無事宜一二年閒幸可漸次了當今嵗修城功限比定州全小路分事宜緊慢又與河北不同亦未銷得遠涉三千里於緊切處抽人所有德博黄河今年水勢甚大於去年今春朝廷差到河上兵士全少如去歲若旦夕逐州更有申報須至煩朝廷乞人外所有諸處修城功役雖見闕人本司亦當斟量事

體緊慢只於本路漸次修葺惟乞朝廷體卹更不抽
撥往別路庶免本路闕悮其抽差一千人劉子臣亦
未敢施行取進止

乞選差文臣知定州

臣等伏見知定州李昭亮已抽赴闕見闕知州定州
控扼西山險要於河北三路最爲重地軍民政事邊
鄙機宜須藉通才方能辦集況即今北界見於界首
興建寨柵及於銀坊口侵占疆封處置之間或須應
變鎮撫之術尤要得人況河北比於陝西四路事體
甚重今秦渭延慶並用文臣伏乞朝廷特於文臣兩

制已上選差一員知定州或便兼部署或別差武臣充部署所貴委任得人邊事有備取進止

乞預聞邊事

臣昨蒙朝廷選擢差充河北都轉運使之日授到付身不下司劄子云河北宜選有文武才識轉運使二員察授經略之任使其熟圖利害陰爲預備以臣非才誠不當文武才識之目其如朝廷責任之意然而必欲察爲經略熟圖利害則須外詳邊鄙之事内不爲朝廷所疑竭慮盡心猶恐不副委寄檢會去年定州軍城寨爲北虜於石臼子口侵

入內界卓立鋪屋本寨爲地分不屬沿邊安撫司遂依例申報轉運司無何安撫司並不勘會不係地分便發怒妄奏軍城官吏不合申轉運司乞行取勘又蒙朝廷更不照會便下轉運司詰問軍城官吏賴本寨引執元降勑條分明臣與本寨主等偶免罪譴其不屬安撫地分合申轉運司者尚如此其他沿邊係安撫司地分固不得與聞矣昨來北虜於安肅軍北欲移界摽南侵邊臣既承例不以事報轉運司臣心不能安因以手書問知軍侍其濬濬亦不敢答又昨臣寮有起請復支保州沿邊

巡檢兵士口食者，是臣本路本司職事。竊聞本爲小人上言，不識事體，乞不下轉運司，朝廷因此只下程琳一面相度，臣竟不得與聞。臣既親蒙密授經略之任，使其圖利害，爲預備，而外則邊防之事了不聞知，内則不足爲朝廷取信，而本司職事亦不得與議。平日無事之時，尸禄而居，尚當憂愧，況聞近日邊鄙頻有事端，飛狐界上興立城柵，漸貯甲兵，又於銀坊冶谷以來壘石爲城，包侵南界，大役人夫，阜立堡寨，竊慮嚮去沿邊別有事宜。臣既授上件劄子内委任之意，凡事不可不知，兼臣體問得舊日邊上州軍事宜並申轉運司只自通和後漸廢臣今欲乞應係沿邊事宜自來申報安撫部署司者亦乞令逐州軍申報轉運司所貴稍得與聞邊事至於儲畜糧草修城池器械亦量酌事體緊慢不至乖方其間愚慮或有所長更冀裨助萬一而少副委任之意如允臣所請乞明降指揮取進止

再奏

臣近曾奏爲先授朝廷密旨令熟圖河北利害陰爲預備然邊防事意元不與聞乞今後沿邊事宜並令申報轉運司至今未奉朝旨者臣伏以轉運使雖合

專掌錢穀不與兵戎然河北事體不同他路故授之
密旨常使經營況今沿邊知州武臣不過諸司使副
已下其通判即是常叅初入京朝官等臣被朝廷責
任比沿邊知州通判故不爲輕下至機宜司手分亦
是轉運司所差並得盡聞機宜事臣之本司獨不得
與且臣愚慮非欲侵邊臣之權攬事多管以招罪累
蓋臣所職糧草錢帛蓄積之備其賦斂緩急須量邊
事緊慢以至按察沿邊將吏能否亦要知其處事如
何伏望朝廷細詳元降不下司劄子内事意及比類
沿邊通判初入京朝官等許本司今後與聞邊事所

有沿邊申到事宜即不得直便行遣文字苟有所見須令密具奏陳不得下司漏洩如此則本司得知邊事緩急凡於計置準備不至緊慢乖方而又愚見苟有所思亦得少裨萬一取進止

乞令邊臣辨明地界

臣伏見近日北虜於四望口起立寨栅及於銀坊冶谷已來侵過南界壘石爲城寨等事竊以北虜剏立寨栅已違誓書然猶在彼界内可以佯爲不知不須緊問兼萬一中國却合有興修去處可以引彼爲詞以塞問難雖然如此亦當早爲預備便合於界首分

明界防彼亦必更南侵事既造形理須杜漸其如朝廷選任非人從來以定州一路付與李昭亮其人昏懦而不曉事機雖有勾當事人並不能先詗探得起寨事端及已立了寨柵又不能預防侵界之患直至因捉了巡邊指揮使湯則侵了銀坊以南邊地大興人夫壘立城寨至今終亦不能辨理疆界拒絕侵凌竊以北虜號爲大戎自古畏強欺弱今若便示以怯不爭於初則必更引其貪心別有侵擾養成事體漸大而不與之爭則爲患不細爭之則必起事端惟在即今速爲處置據今事體不煩朝廷只委邊臣自可

了當然湯則被囚之後亦不聞别有擘畫至今侵界立寨等事但聞婉順止約彼既不聽亦别無謀臣近體問得往年雄州西北亦曾爲北戎侵界立數處鋪屋當時邊臣葛懷敏力以公牒往來爭辨拆却鋪屋北人竟不敢爭況今來所侵南界百姓見耕種田中地界分明易爲理會今來巳蒙朝廷差王德基知定州其人久在雄州頗諳邊事伏乞早降朝旨下邊臣速令止絶辨理地界早見分明兼軍城西北山路險絶銀坊等口皆可出兵我於此口扼其險要是中國必爭之地彼於今日侵得此一二十里則險固在彼

而他日行兵是彼可以來我不可往之勢以此言之尤不比河東陽武天池等處侵地便因循不爭伏乞朝廷早賜指揮王德基如姚順止約不得即須力與論辨仍乞令檢會雄州安撫司等處往年曾拆却鋪屋行遣令依此相度施行所貴邊防不生他患取進止

乞差武衛人員

臣昨權成德軍日爲屯駐淄州武衛第六十六指揮兵士高林等乞替曾有劄子奏聞尋蒙朝旨以京東一路所管武衛不少例各差在別路屯駐奉聖旨劄

與臣詳此照會者臣尋作本府行遣備録聖旨告示

本營知委訖臣今勘會上件武衛兵士共六百三十

一人並無正轄官員只有權管副都頭四人並是往

年曾在信安軍作過之人及本營雖有正軍頭十將

等八人亦並是曾在信安軍作過之人部轄此六百

人思歸之卒久遠深不爲便伏乞朝廷檢會早賜自

京選差有心力能部轄正副指揮使及逐都正都頭

所貴可以部轄久遠别不生事臣亦密體問得權管

人員姓名因依今具如後

一人軍頭劉緒　三人右十將孫榮田榮蔡斌

已上四人元係本州武衛第九指揮内軍頭及右十將昨於慶曆三年十一月内準州帖準步軍司牒權充第六十六指揮副都頭勾當並未曾正授宣其人等各係曾在信安軍作過之人

一人軍頭韓筠　七人左右十將四人左徐吉賀進谷興段千三人右王清丁用楚興

已上八人亦元係本州武衛第九指揮將虞候承局昨於慶曆三年正月内授州帖差到於慶曆四年四月授步軍司帖正充六十六指揮勾當亦係曾在信安軍作過人數

右具如前所有上件武衛兵士高林等當京東武衛
剌面排定軍分之時獨此一指揮累次糺合陳詞令
來準密院劄子告示後雖不敢别有詞說然此一軍
兵士已是累日扇揺人數既多又無正管人員只令
曾作過人權管深爲不便伏乞朝廷特賜允臣所奏
早與差補有心力正副指揮使及軍頭等部轄

乞住買羊

勘會河北自前不曾配買羊畜自西事已來分配於
河北收買竊見京師羊畜有備準三司指揮截住榷
場上供羊綱於西路州軍牧放一萬六千餘口至冬

深死却五千餘口所有今年人户配買羊已上京送納訖却償下榷場羊綱在邢洛等州牧養竊慮冬深枉有死損臣等相度剩數羊綱見在河北州軍牧養只以盡數上京自可供用得足乞今後河北特住配買羊數委得公私俱利仍乞今後京師羊少却於陝西依舊配買取進止

乞條制都作院

當司檢會近蒙朝廷依奏差到磁相二州都鐵作院監當使臣二員各已赴任訖所有作院工匠營房蓋造亦已了畢當司見揀選轄下州軍内打造得兵器

精好處取樣及於本路軍器庫内揀選往時經使舊兵器内試驗精利者取爲樣及申三司於南北作坊檢會工課料例及於轄下抽揀工匠令都作院依樣打造次伏緣本路鐵炭出自磁相二州自來諸州軍不以遠近並於磁相般請生鐵差占衙前枉費脚乘般於不出炭州軍廣破官錢買炭變煉及散在逐州軍打造監官多不得人加又當司巡歷地分闊遠每年内不過各到得一次往往有不及到處難爲點檢不惟虚破人工物料不少兼更造成不精器械久遠有悮使用今來已蒙朝旨許置都作院若制置得久

遠不廢本路兵器必皆精好其利甚博伏緣䋲置事初合有諸般規式今具畫一如後伏乞朝廷特賜勑命指揮所貴久遠官吏遵守施行

一都作院所造兵器其閑雜不急名件欲乞並不得打造只令打造一色切要使用之物箭頭甲葉槍䋲手刀等候打造成於本州軍内送納仍令别作一項封椿專準備緩急支與合要州軍除許轉運司支撥本州不得專擅使用所有其餘閑雜之物及修補舊器械並令諸州軍量留

工匠自造

一本路轉運提刑共四員欲乞每次季輪一員專至都作院點檢將前季工課文字磨筭造到兵器候見數即依數點檢試驗内手刀及劍每一百口内抽揀三二十口用甲葉或墮錢斫試鋼刃箭頭亦於每一百箇内揀三二十箇安入箭簳用鐵甲硬弓弩試射槍亦試驗鋼刃如是槍刀劍刃軟卷缺及箭頭尖卷鐔折甲葉長闊厚薄不依斤重者並勒專工匠等陪填打造及等第區分

一都作院逐作工課欲乞依本州作院起置工課

文曆監官與本州知州通判都監依例簽押及
句呈如是一任內造到兵器經轉運提刑點檢
並無揀退各得精好即乞據造成萬數批上曆
子理爲勞績內本監官將見監一任理合入差
遣得替優與先次點差如任內更有知州提刑
轉運三人保舉即乞與轉官酬獎如逐季點檢
揀退三分已上並畫時取勘奏乞重行朝典如
知州通判都監候一年終如揀退三分已上亦
乞等第責罰如揀退二分本監官乞許本司量
罪勘罰如揀退不及分數即工匠干繫人等許

點檢官負酌量勘斷

一河北一路諸州軍作院欲乞且令依舊内合行造作及合減罷者乞許當司相度施行候年歲間都作院打造兵器各及萬數可以應副諸處使用即將諸州軍作院工作及舊有監官處漸次減省

右謹具如前所有上件畫一事理更乞朝廷特賜詳酌如得允當乞降勑命指揮下本司及磁相州都作院及提點刑獄司等處遵守施行

再乞放行皮角

臣近爲兵興以來改法禁絶民間牛皮筋角等令人户盡底直納入官因此却致官中闕絶使用後來雖亦許破官錢收買緣已有上項盡底納官禁法民若不納入官却於官場中賣即是違禁之物致人户不敢赴場中賣乞却依天聖編勑及前後舊條許人户自死牛馬皮筋角中賣入官分爲三等支錢其不及等者退還本主及置場收買客旅興販者所貴却似舊日公私各獲濟用曾具利害劄子奏聞至今未奉朝旨臣近體問得河東路亦爲禁止牛皮筋角已來闕絶使用近已却依舊放行即今河東大段有牛皮

筋角等使用甚爲利便勘會本路合修兵器萬數不少自來累據諸州乞支物料本司只是牒逐處拘攔使用及申奏乞自京支撥檢會只自今年正月後諸州所少牛皮筋角等七萬一千餘事件累次申省乞支撥及令逐處拘攔自死者使用據諸州軍所申即云無可拘攔乞行支撥及申奏乞支撥即準省牒又却令逐處拘攔空煩行遣文字繁多積壓下來修軍器萬數終是無由了當況今見行之法其弊易見禁民令盡納則絶無納者置場收買則民礙法不敢中賣兼河東近巳放行甚見其利欲乞朝廷檢會臣前

奏劄子特賜詳酌明降指揮許依舊法令人户將三等牛皮筋角入官中賣支與價錢及許收買客旅興販者其不中等者退還本主所貴公私各獲濟用不至時時紊煩朝省乞行支撥及不空費文移令逐處拘攔虚積壓下未修軍器久遠深爲不便令取進止

奏北界爭地界

準密院劄子節文北界於銀坊城創修寨壘侵占南界奉聖旨令程琳河北都轉運司提點刑獄司擘畫如何理占拆去者

右謹具如前當司勘會昨據定州軍城寨申銀坊城

南治谷口有北界兵馬創起寨子當司尋具聞奏乞下沿邊安撫司施行自後雖知安撫司曾與北界公文往來至今未曾拆去寨子又緣自來安撫司邊擬文字不曾聞報當司不見得安撫司逐度說何事意如何占理及不知北界却以何詞爲答今來已立寨子貯畜器甲及防戍之人不少事勢已成竊恐難爲追理蓋是邊臣從初失於違慢當其建寨未成之時不早爭占及建寨雖成未貯甲兵之際又不能拆去今已縱成其計却欲理會必須費力兼當司全不知北界與沿邊往復意度見行體問候見次第或有管

見别具奏聞次謹具狀奏

論契丹侵地界狀

右臣伏見北虜近於界首添建城寨及梱因定州巡兵湯則侵過銀坊冶谷地界等事竊聞朝廷至今未有分明嚴切指揮令邊臣以理争辯竊料朝廷之意必謂争之恐有引惹之虞此乃慮之過而計之失也夫虜性貪狠號爲犬戎欺弱畏彊難示以怯令杜之於早而力爲拒絶猶恐不能若縱之不争而誘其來侵乃是引惹况西山道路有三十餘處皆可行兵其險要所扼在於軍城銀坊等路爲彼奪據而不争則

比寨王榔等口噺更來侵豈能爭矣是則西山險要盡爲彼奪一日使虜以大兵淩易水由威虜之西平陸而來以奇兵自飛狐出西山諸口而下則我腹背受敵之患不知何以禦之此蓋兵法必爭之地也且與人爲隣敵而自棄險要任彼奪據而不爭雖使我弱彼彊尚須勉彊何况勢鈞力敵又違誓約而彼曲我直乎臣謂朝廷所以然者蓋由未察虜中彊弱之形而不得其情僞之實也臣又見朝廷常有懼虜之色而無憂虜之心夫憂之與懼名近而意殊憂者深思極慮而不敢暫忘懼者臨事惶惑而莫知所措今

邊防之事措置多失其機者懼虜之意過深也若能察其彊弱之形得其情僞之實則今日之事誠不足懼而將來之患深有可憂奈何不憂其深可憂而反懼其不足懼且戎虜雖以戰射爲國而耶律氏自幼承其父祖與中國通和之後未嘗躬戰陣遭勍敵諜臣舊將又皆老死今其臣下如貫寧者無三兩人寧才不及中人已是彼之傑者所以君臣計事動多不臧當初對梁適遣使河西使與中國通好及議和垂就不能小忍以邀中國厚利乃與元昊爭夾山小族遂至交兵而累戰累敗亡人失馬國內瘡痍誅斂山

前漢人怨怒往時虜殺漢人者罰漢人殺虜者死近
聞反此二法欲悅漢人漢人未能收其心而虜人亦
已怒矣又聞今春女真渤海之類所在離叛攻刼近
纔稍定方且招輯敗亡修完器甲内恐國中之復叛
外有西夏之爲虞心自懷疑憂我乘虚而北襲故於
界上勉彊虚張因我廵兵侵我地界蓋其實弱而示
彊者用兵之詭計故臣謂苟能察其彊弱知其情僞
則撫不爭之理何必懼其不足懼哉自國家困於西
鄙用兵常慮北戎合謀乘隙而動及見二虜相失而
交攻議者皆云中國之福夫幸其相攻爲我之福則

不幸使其解仇而復合豈不爲我禍乎臣謂北虜昨所以敗於元昊者亦其久不用兵驟戰而逢勍敵耳聞其自敗𠂢以來君臣恐懼日夜謀議通招丁口柬募甲兵處處開教閱之場家家括糧馬之數以其天姿驍勁之俗加以日夜訓練之勤則其彊難敵矣今虜國雖未有人然大抵爲國者久無事則人難見因用兵則將自出使其交戰既頻而謀臣猛將爭能並出則是夾山一敗警其四十年因循之弊變驕心而爲憤志化惰卒而爲勁兵因屢戰而得驍將此乃北虜之福非中國之福也此臣所謂將來之患者也然

二虜勢非久相攻者也一二年間不能相并則必復合使北虜驅新勵之彊兵無西人之後害而南向以窺河北則又將來之患大者也臣雖不知朝廷顧河北爲如何但於本路之事以今年較去年則亦可見去年以前河北官吏無大小皆得舉材而擇能急於用人如不及者惟恐一事之失計故也自今春已來差除漸循舊弊凡幹敏之吏熟於北方事者舉留奏乞百不一從亦不惟使材臣能吏不勸而殆亦足見朝廷不憂河北之事辦否也至如廢緣邊久任之制而徙劉貽孫以王世文當冀州李中吉當廣信王中庸

當保州劉忠順當邢州如此數人於閑慢州軍尚憂敗政況於邊要之任乎臣愚以朝廷不以北事爲憂則又怯懼如此既曰懼矣則於用人之際又若忽而不憂此臣之所未諭也臣聞虜人侵我冶谷雖立寨屋三十餘間然尚遷延未敢便貯兵甲更伺我意緊慢若不及早毁拆而少緩縱之使其以兵守之則尤難爭矣此旦夕之間不可失也至於湯則亦聞因而未敢毁此亦不可不爭臣願陛下但以將來之患爲憂不忘此事用人之際革去舊例而惟材是擇勿聽小人之繆謀勿於忠良而疑貳使得上下畢力庶幾

漸成禦備至於目今小事未銷過自怯懼夫事之利害激切而言則議者以爲太過言不激切則聽者或未動心此自古以爲難也況未形之事雖曰必然而敢冀盡信乎伏望陛下留意聽納不以人廢言則庶竭愚瞽少裨萬一謹具狀奏聞謹奏

論河北財産上時相書

某頓首啓仲春漸暄伏惟相公尊體動止萬福某不佞少以文章言語自任而頃備諫諍之臣得與朝廷論議當中外多事天子急於聽納之時不以爲愚而屢加獎擢及得寵太過受恩太深則自視區區素所

任者不足以報（一作稱）萬一故方欲勉彊不能以圖自（五字一作以伸報）效而蒙相公不以爲不才而擇天下諸路中最重之地以授之而責其所爲（一作報效）當此之時自宜如何可以塞責及臨職以來迨（一作近）將半歲齷齪自守未知所措（一作爲）非敢怠也誠有說也（一作焉）至於山川險易城寨屯防邊陲守備等事是皆河朔之大者朝廷已委樞密富公經畫之矣而本司之事自不爲少凡自河以北州軍縣寨（一作州府軍縣）一百八十有七城主客之民七十萬五千有七百户官吏在職者一千二百餘負廂禁軍馬義勇民兵四十七萬七千人

騎歲支糧草錢帛二千四百四十五萬而非常之用不與焉其間事目之節利害之源非詳求而審察之不能得其要前張昷之等急於舉職公家之利知無不爲其興利除害便於事者極多而時有失於不審更改過繁而涉（一作失）於苛碎者故自繼職以來遵其所長戒其所短凡事關利害昔慎之重之未敢輕議令半歲矣官吏之能否公私之弊病粗已得其十七八而又取（一作先求）其事涉苛碎紛繁而下切患之有司自可改復不煩朝廷處分者先以次第行之乃暇及於其它然其事繫利害有司不敢自決必當（一作而必）上

聞者其類甚多而久之一作初則未敢干以一作頻朝聽者不惟自疑於不審誠慮朝廷鑒盬之等前失不能盡信其說而必一無必字從之今慎之久矣得之詳矣苟有所請實有望於見信而從之也凡河北大事富公經營之外其要不過五六其一作凡不可爲者一其可爲者四五耳雖皆有司之事然朝廷主張之則能行不主張之則亦不能爲也自古邦國財産之利必出山澤故傳曰山海天地之藏也自兩漢以來摘山煮海之利必歸公上而今天下諸路山澤悉已榷之無遺利矣獨河北一方兵民所聚最爲重地而東負大海西

有高山此財利之產天地之藏而主計之吏皆不得取焉祖宗時哀閔河北之民歲爲夷狄所困盡以海鹽之利乞與疲民此國家恩德在人已深而不可奪者也西山之長數百里其產金銀銅鐵丹砂之類無所不有至寶久伏于下而光氣苗礦往往溢發而出地官禁之不許取故捨此惟有平地耳河北之地四方不及千里而緣邊廣信安肅順安雄霸之間盡爲塘水民不得耕者十八九澶衛德博濱[illegible]通利大名之界東與南歲歲河災民不得耕者十五六今年大豐秋稅尚放一百萬石滄瀛深冀邢洛大名之界西

與北鹹鹵大小鹽池民不得耕者十三四又有泊淀不毛監馬棚牧與夫貧乏之逃而荒棄者不可勝數大山大海之利既不可取而平地堪出財賦者又有限而不取（一作不多）又其助者不過酒税之入耳其入有數而用度無常也故雖研桑之心計捨山澤與平地不能爲之此所謂不可爲者一也（一本無此九字）及其用有不足不過上干朝廷乞銀絹而配（一作下）殃疲民號爲變轉爾此近年之弊也（此六字一作所謂不可爲者二也）然若能擇官吏以辦職事裁僥倖以减浮費謹良材精器械以助武備因貴賤通漕運而移有無如此之類苟能爲之

尚可使邊防粗足而京師省費用此冀（此三字一作尚足以）裨萬一而皆有弊病理須更改事目委曲非書可殫敢具其大綱列于别紙伏望特加省覽察其利害或其所説不至大乖戾望少信而從之俾畢其所爲若夫盡其所爲而卒無成焉則不待朝廷之責而自當劾去若其有以裨萬一則何幸如之伏惟聰明少賜裁擇不宣某頓首再拜

自劾乞罷轉運使

右臣檢會轉運司近爲相度順安軍塘泊水口子與楊懷敏等所奏頗有異同議方未决近准樞密院劄

子節文臣寮奏乞今後近塘泊州軍人户地内蘆葦等並不得採取及自順安軍以西漸近西山水難瀦聚令即不住開治及乞今後標占却人户田土即將官地給還人户或估計價錢給付等第奉聖旨依奏仍令本路提刑田京專切管勾者臣伏見國朝之制河北轉運使皆領都大制置屯田使之名兼臣赴職之初被朝旨密授經略之任以此見朝廷差選之際其任非輕於臣職分之間所責尤重至於塘泊邊防利害之事皆其職也職隨察其守將安歸豈有親蒙密授經略之旨身領都大制置之名而傾朝廷別委

他官專切管勾則臣之不才不能任事不待彈劾可

以自知況臣將及暮年絶無績効考其常課已合黜

幽又以不才失其本職且都大制置豈是假人之虚

名苟非其人自當易去豈可容不才之人尸位移本

職於他司使臣偷安實難自處伏望聖慈據臣不才

失職之狀降授一小郡差遣庶以警勸在位之人臣

無任祈天望聖激切屏營之至謹具狀自劾奏聞伏

候勑旨

河北奉使奏草卷下

初元昊擾邊北虜自以勸和爲功慶曆四年昊既納欵虜復與之交兵且遣泛使來止昊封册仁宗答書云若以其於北朝失事大之禮自宜問罪若以彼於本朝稽欵順之故不煩出師况昊已遣使賫誓文入界何辭沮却方遣余靖報聘會八月甲午保州軍亂寇邇北境朝廷以爲慮癸卯命田况爲真定府定州路安撫使而公自右正言知制誥知諫院除龍圖閣直學士爲河北諸州水陸計度都轉運使兼西路營田都大制置屯田本路勸農使替張昷之時方歸自河東諫官蔡襄孫甫請留

公不許上面諭公勿爲久居計有事第言之公曰諫官乃得風聞今在外使事有指越職罪也上曰事苟宜聞不可以中外爲辭明年八月坐張氏事降知制誥守滁陽凡河北奏陳皆聚此書云

奏議集載契丹侵地界第三狀論憂懼不同極爲詳明與前兩狀相應此卷乃闕而不録莫曉其故今合附入

上時相書一首乃慶曆五年二月時杜衍方罷相賈昌朝代之公已失助首相實章得象而參政則宋庠也此書舊入奏議尤無謂今移附此卷末庶

成全書所云大綱具别紙不可得而見矣

臣下奏劄例云取進止葉夢得石林燕語嘗論之今奏事第一篇作取進旨者按唐陸贄奏議亦嘗互用如云中使某乙奉宣進旨或云奉宣進止或云奉宣聖旨至國初尚多如此慮後人妄塗改略及之

紹熙五年十月日郡人王伯芻校正

乞條制都作院墮錢墮字疑並勒專工匠疑脱字

論契丹侵地界狀蓋其實弱而示彊彊字下長編有爾實弱而示彊

大字而殆疑當作怠況於邊要之任乎乎字下長編有然臣謂爲圖計者若以此傍爲憂深思極慮而不敢暫忘則其選材任將實若是乎三十二字臣愚以以字下長編有謂字則又則字長編無尚遷長編作遷

論河北財産上時相書

仲春至萬福十六字一作新春氣候漸和不審尊候何如備諫諍此上一有忝字次第行之此下一有矣字九河北大事富公經營之外其要一作九河北之事其大者朝廷已委富公矣其外大要故捨此一無故字

奏事録　　歐陽文忠公集　百十九

自治平二年六月十一日已後其日追書者乃已前事忘其月日矣

論孫長卿爲臺諫所劾事

孫侍郎長卿罷環慶路總管拜集賢院學士而河東都轉運使臺諫交章論列長卿守邊無狀宜加降黜中書以長卿無敗事昨因朝廷起孫沔於致仕欲委以西事而長卿以歲滿得代無過可黜而臺諫論奏不已最後賈中丞二章六月十一日進呈上厲聲曰已行之事何可改易臣脩奏曰臣等不爲已行難改若朝廷果是除授不當能用臺諫之言改正足以上

疑陛下從諫之聖至於臣等能不遂非而服義改過不恡聖賢所難亦是臣等好事但以長卿除授不爲過當若曲從臺官之言使彼銜寃受黜於理豈安故難行也韓公曰自陛下親政已來臺諫所言施行者少外人之議謂致人主有拒諫之名者是臣等之過若其言有可行者臣等豈敢不行直以長卿無過難徇言者濫行黜罰耳上皆然之上又曰人言臺諫奪權臣脩奏曰此則爲陛下言者過也朝廷置臺諫官專爲言事若使默然却是失職苟以言事爲奪權則臺諫無職可供矣

辨蔡襄異議

蔡侍郎襄自給事中三司使除禮部侍郎端明殿學士知杭州初上入爲皇子中外相慶知大計已定矣既而稍稍傳云有異議者指蔡公爲一人及上即位始親政每語及三司事便有忿然不樂之色蔡公終以此疑懼請出既有除命韓曾二公因爲上言蔡襄事出於流言難以必信前世人主以疑似之嫌害及忠良者可以爲鑒也臣脩亦啓曰或聞蔡襄文字尚在禁中陛下曾親見之乎上曰文字即不曾見無則不可知其必無臣脩奏曰若無文字則事未可知就

使陛下曾見文字猶須更辨真僞往時夏竦欲陷富弼乃先令婢子學石介書字歲餘學成乃僞作介與弼書謀廢立事書未及上爲言者廉知而發之賴仁宗聖明弼得免禍至如臣自丁母憂服闋初還朝時有嫉臣者乃僞撰臣一劄子言乞沙汰内官欲以激怒羣閹是時家家有本中外諠傳亦賴仁宗保全得至今日由是而言陛下曾見文字猶須更辨真僞何況止是傳聞疑似之言何可爲信上曰官家若信傳聞蔡襄豈有此命

獨對語八月十四日

是日昭文與西廳趙侍郎皆在告集賢私忌臣脩獨對崇政殿進呈文字畢斂笏將退上有所問所問不録臣脩因奏曰近聞臺諫累有文字彈奏臣不合專主濮王之議上荷陛下保全知此議非臣所得獨主臺諫文字既悉留中言者於是稍息上曰參政性直不避衆怨每見奏事時或與二相公有所異同便相折難其語更無回避亦聞臺諫論事往往面折其短若似奏事時語可知人皆不喜也今後宜少戒此臣脩對曰臣以愚拙敢不如聖訓上曰水災以來是月三日言事者多云不進賢臣脩曰近年以來進賢之路太狹

此誠當今之患臣每與韓琦等論議未合上曰何謂進賢路狹中書常所進擬者其人皆如何臣脩對曰自富弼韓琦當國以來十數年間外自提刑轉運内則省府之類選擢甚精時亦得人比於往年絶不同也然皆錢穀刑名强幹之吏此所謂用材也如臣所言進賢之路謂館職也上曰如何臣脩曰朝廷用人之法自兩制選居兩府今學士舍人待制通謂之兩制自三館選居兩制是則三館者輔相養材之地也往時入三館有三路今塞其二矣此臣所云太狹也上曰何謂三路臣脩曰進士高科一路也大臣薦舉一路也因差遣

例除一路也往時進士五人已上及第者皆入館職第一人有及第纔十年而至輔相者今第一人及第者兩任近十年方得試館職而第二人已下無復得試是高科一路塞矣往時大臣薦舉隨即召試今但令上簿候館閣闕人與試而館閣人無負數無有闕時則上簿者永無試期是薦舉一路又塞矣唯有因差遣例除者半是年勞老病之人也此臣所謂進賢之路太狹也後數日上因中書奏事遂處分令擇人試館職

御藥陳承禮監造袞冕事八月

先是三司奏造作諸物舊屬少府監文思院後苑作紫雲樓下近年多別置局以內臣監作各爭占工匠乞一切依舊歸于有司遂依奏既而少府監申造袞冕內批令御藥院陳承禮監造中書覆奏上以南郊日近須內臣庶可辦集韓曾二公奏以衝改近降指揮不若令承禮就少府監作上意未決臣脩奏曰此是陛下新降指揮從來所患朝令夕改今若依前用承禮監作只是移御藥院置局就少府監中耳如此何害集事上遂曰可

內降補僧官九月十九日

先朝僧官有闕多因權要請謁内降補人當時諫官御史累有論列先帝深悟其事因著令僧職有闕命兩街各選一人較藝而補至是鑒義有闕中書已下兩街選一人未上而内臣陳承禮以寶相院僧慶輔爲請内降令與鑒義中書執奏以爲不可韓曾二公極陳其事臣脩亦奏曰補一僧官當與不當至爲小事何繫利害但中書事已施行而用内降衝改先朝著令則是内臣干撓朝政此事何可啓其漸又奏曰宦女近習自前世常患難於防制今小事若蒙聽許後有大事陛下必以害政不從是初欲姑息而返成

怨望不若絶之於漸此一小事陛下不以爲意而從之彼必自張於外以謂爲上親信朝政可廻在陛下目前似一閑事外邊威勢不小矣上遽可中書所奏令只依條例選試臣脩又奏曰一有字事既不行彼必有言萬事只由中書官家豈得自由行一事陛下試思從私請與從公議孰爲得失而韓曾二公亦所陳甚多上皆嘉納也

歐陽文忠公在政府時手録奏對語此前一本無前字五事得之林子中家文忠手録皆密語筆札精楷蓋欲傳示後人而子職不謹身没未幾已流

落於他人家其曰追書者皆不見又未知其何
在耶後三事亦子中録以相示云得之於史院
曾布子宣題
又三事
三司使給事中蔡襄除端明殿學士尚書禮部侍郎
知杭州初上自濮邸立爲皇子中外欣然無間言既
即位以服藥故慈壽垂簾聽政嘗爲中書言仁宗既
立皇子因追思鄂王等悲傷涕泣宦官宫妾爭相熒
惑而近臣亦有異議者可惟者一二知名人也因言
執政數人不顧家族以定社稷之計而小人幾壞大

事文云近臣文字只在先帝卧床頭近日已於燒錢爐内焚之矣然莫知爲誰也中書不敢問其姓名但唯唯而退已而外人亦稍稍言蔡襄嘗有論議而莫知虚實既而上疾愈親政數問襄如何人一日因其請朝假上變色謂中書曰三司掌天下錢穀事務繁多而襄十日之中在假者四五何不别用人韓公已下共奏曰三司事無闕失罷之無名今更求一人材識名望過襄者亦未有脩奏曰襄母年八十餘多病況其只是請朝假不趂起居耳日高後便却入省亦不廢事然每奏事語及三司未嘗不變色襄亦自云

每見上必厲色詰責其職事其後諒祚攻劫涇原西邊日有事宜上遂督中書以邊事將興軍須未備三司當早選人韓公等初尚揮解上意不回因奏待其陳乞可以除移初傳者多端或云上在慶寧已聞蔡異議或云上入宫後親見奏牘尚在至是因蔡乞罷劉子韓公遂質於上上曰内中不見文字然在慶寧即已聞之韓公曰事出譖昧若虚實未明乞更審察苟令褒以飛語獲罪則今後小人可以構害一作陷字善人人難立矣曾公曰京師從來善造謗議一人造虚而衆人傳之便以爲實前世以疑似之言陷害忠良

者非惟臣下被禍兼與國家爲患脩曰陛下以爲此

事果有果無上曰雖不見其文字亦不能保其必無

脩曰疑似之謗不唯無迹可尋就令迹狀分明猶須

更辨真僞只如先朝夏竦欲害富弼令其婢子學石

介字體久之學成乃僞作介爲弼撰廢立詔草賴仁

宗聖明弼得保全又如臣至和末丁母憂服闋初至

闕下小人中有嫉忌臣者僞撰臣乞沙汰内官奏藁

傳布中外家家有之内臣無不切齒只判銓得六日

爲内臣楊永德以差船事罷知同州亦賴仁宗保全

未久知其無罪遂却留住至今以此而言就令有文

字猶須更辨真僞況此無迹狀陛下幸不致疑韓曾又各進説上曰數家各有骨肉（意謂異議若行則執政被禍）又曰造謗者因甚不及他人據此似聖意未解也

仁宗既連失襃豫鄂三王遂更無皇子自至和三年正月得疾踰時不能御殿中外憂恐既而康復自是言者常以根本爲急交章論述每輒留中故樞密副使包公拯今翰林學士范景仁所言尤激切其餘不爲外人所知者不可勝數今樞密富相與昭文韓相亦屢進説雖余亦嘗因大水言之然初無采納之意如此五六年言者亦已稍怠嘉祐六年秋余自樞庭

過東府忽見内降一封乃諫官司馬光言立皇子事既而知江州吕誨亦有疏論述昭文與集賢曾公及余晚議來日當將上相顧以爲如何韓公曰若上稍有意即當力賛成之曾公與余偕曰此吾儕素所願也既而明日奏事垂拱殿二章讀畢未及有所啓仁宗遽曰朕有意多時矣但未得其人余自爲校勘及在諫垣忝兩制迨此二十年每進對常極從容至此始聞仁宗自稱朕既而又左右顧曰宗室中孰爲可韓公惶恐對曰不惟宗室不接外人臣等不知此事豈臣下敢議當出自聖擇仁宗曰宫中嘗養二子小

者甚純然近不惠大者可也遂啓曰其名謂何仁宗即道今上舊名曰名其今三十歲矣余等遂力贊之議乃定余等將下殿又奏曰此事至大臣等未敢施行請陛下今夕更思之臣等來日取旨明日奏事崇政殿因又啓之仁宗曰決無疑也余等遂奏言事當有漸容臣等商量所除官來日再奏既退遂議且判宗正時今上猶在濮王喪乃議起復自大將軍遥郡團練使除泰州防禦使來日將上仁宗大喜曰如此甚好二公與余又奏曰此事若行不可中止乞陛下斷在不疑仍乞自内中批出臣等奉行仁宗曰此事

豈可使婦人知只中書行可也余等喜躍稱賀時六
年十月也命既出今上再三辭避有旨候服除取旨
至七年二月一日服除今上堅臥稱疾前後十餘讓
至七月韓公議曰宗正之命始出則外人皆知必爲
皇子也不若遂正其名使其知愈讓而愈進示朝廷
有不可回之意庶幾肯受曾公與余皆以爲然及將
上今上累讓表仁宗問如何韓公未對余即前奏曰
宗室自來不領職事今外人忽見不次擢此子又判
宗正則天下皆知陛下將立爲皇太子也今不若遂
正其名命立爲皇子緣防禦使判宗正降誥勑御名得

以堅卧不受若立爲皇子只煩陛下命學士作一詔書告報天下事即定矣不由御名受不受也仁宗沈思久之顧韓公曰如此莫亦好否韓公力贊之仁宗曰如此則須於明堂前速了當遂降詔書立爲皇子仍更今名自議皇子事凡所奏請皆余與西廳趙侍郎自書其改名劄子余所書也初擇日旁十字請仁宗點之其最下一字乃今名也是仁宗親點今封在中書今上自在濮邸即有賢名及遷入内良賤不及三十口行李蕭然無異寒士有書數厨而已中外聞者相賀

嘉祐八年上元京師張燈如常歲歲常以十四日上晨出遊幸諸宮寺賜從臣飲酒留連至暮而歸遂御宣德門與從臣看燈酒五行而罷是歲自正初上覺體中不佳十四日遂不晨出至晚略幸慈孝相國兩寺御端門賜從臣酒三行止自是之後雖日視朝前後殿而寢若不佳既而韓蟲兒事稍稍傳於外云去歲臘月上閑居見一宮婢汲井有小龍纏其汲綆而出以問左右皆云不見上獨見之以爲異遂召宮婢視之乃宮正柳瑶真之私身韓蟲兒也其後柳夫人宿直閣中明日下直遺蟲兒取夜直坐墪上獨處閤

中召而幸之遂有娠蟲兒自云上已幸我取我臂上
金鋌子一隻云爾當爲我生子以此爲驗外人所傳
如此而蟲兒於宫中亦自道云上幸我有娠又言金
鋌子上與黎伯使藏之矣黎伯者上所愛扶侍内臣
黎永德也是月二十七八間春寒微雨上不御崇政
殿秪坐延和見羣臣奏事而殿中熾爐火云聖體畏
風寒蓋自上臨御四十年盛暑未嘗揮扇極寒未嘗
御火至是始見御前設爐火也自是之後上益不豫
至于大漸今上即位於柩前中外帖然無一言之異
唯韓蟲兒事籍籍不已云大行嘗有遺腹子誕彌當

在八九月也九月十七日余以服藥請一日假家居晚傳内出宫女三人送内侍省勘并召醫官産科十餘人坐婆三人入矣十九日入對内東門小殿簾前奏事將退太后呼黄門索韓蟲兒案示中書余等於簾前讀之見蟲兒具招虚僞事甚詳云自正月至今月水行未嘗止今方行也醫官坐婆軍令狀皆云去歲臘月黎永德奉使成都未還不在閤中而錠子埋在柳夫人佛堂前闞下太后使人監蟲兒至埋所自掘之深尺餘得金錠子一隻折爲三段矣合之以比臂上者同秤之各重一兩半兩錠重輕又同信爲是

矣因以金鋌俾余等傳看之太后言問蟲兒何爲作此僞事云以免養孃箠撻庶日得好食耳蓋自蟲兒言有娠太后遣宫人善護之日給緡錢二千以市可食物如此至其月滿無娠始加窮詰耳余等遂前奏曰蟲兒事外已暴聞今其僞迹盡露可以釋中外之疑然蟲兒當勿留庭外人必信也太后曰固當如是既而樞密院奏事簾前示之如前明日福寧上大行謚册罷見入内都知任守忠於廷中云蟲兒決臀杖二十送承天寺充長髮

奏事録卷終

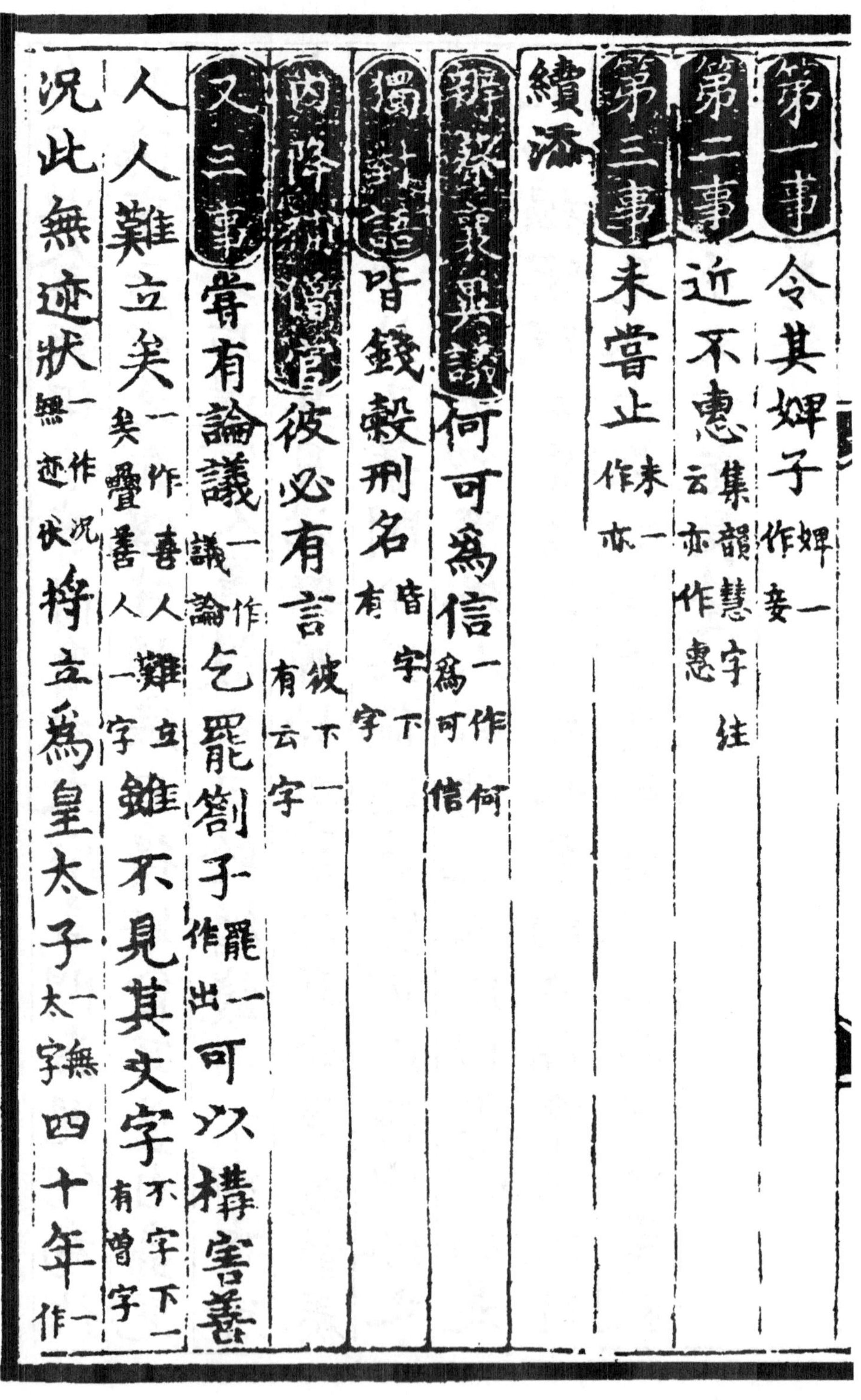

第一事　令其婢子婢一作妾

第二事　近不惠集韻慧字注云亦作惠

第三事　未嘗止未一作亦

續添

辨蔡襄異議　何可爲信一作何爲可信

獨對語　皆錢穀刑名皆字下有字

内降補僧官　彼必有言彼下一有云字

又三事　嘗有論議一作議論乞罷劉子罷一作出可以構害善人人難立矣一作書人人難立矣疊書人一字雖不見其文字不字下一有曾字況此無迹狀一作況無迹狀將立爲皇太子一無太字四十年一作

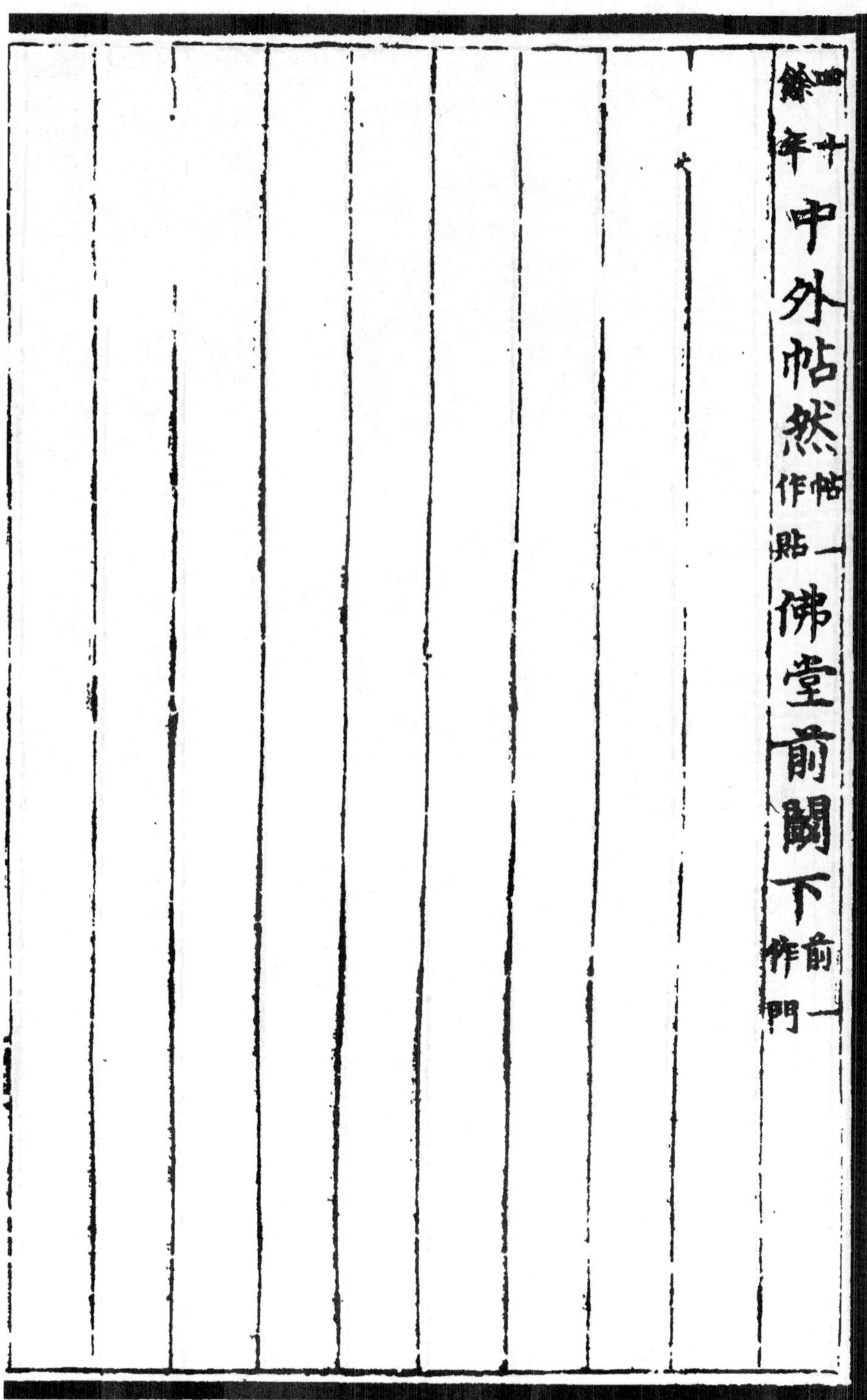

（四十餘年）中外帖然（帖一作貼）佛堂前闕下（前一作門）

濮議序

觀文殿學士行刑部尚書知亳州軍州事臣歐陽脩撰進

臣某頓首死罪言臣聞事固有難明於一時而有待於後世者伯夷叔齊是已夫君臣之義父子之道至矣臣不得伐其君子不得絶其父此甚易知之事也方武王之作也人皆以爲君可伐濮議之興也人皆以爲父可絶是大可怪駭者也盟津之會諸侯不召而至者蓋八百國是舉世之人皆以爲君可伐矣彼夷齊者眇然孤竹之二羇臣也以其至寡之力欲抗舉世之人而力不能勝言不見察二子以謂吾言廢

則君臣之義廢而後世之亂無時而止也乃相與務爲高絶之行以警世於是不食周粟而餓死首陽之下然世亦未之知也後五百餘年得孔子而稱其仁然後二子之道顯使孱王弱主得立於後世而臣不敢伐其君者二子之力也夫以甚易知之事二子爲之至艱如此猶須五百年得聖人而後明然則濮園之議其可與庸人以口舌一日爭耶此臣不得不述其事以示後世也方濮議之興也儒學奮筆而論臺諫廷立而爭閭巷族談而議是舉國之人皆以爲父可絶矣世又無夷齊以抗之雖然賴天子聖明仁孝

不惑羣議據經約禮置園立廟不絶父子之恩以爲萬世法是先帝之明也令士大夫達於禮義者涣然釋其疑蓋十八九（一本作三四）矣固不待夷齊餓死孔子復生而後明也然有不可不記者小人之誣罔也蓋自漢以來議事者何嘗不立同異而濮園之議皆當世儒臣學士之賢者特以爲人後之禮世俗廢久卒然不暇深究其精微而一議之失出於無情未足害其賢惟三數任言職之臣挾以他事發於憤恨厚誣朝廷而歸惡人主借爲奇貨以買（一作賣）名而世之人不原其心迹不辨其誣罔翕然稱以爲忠使先帝之

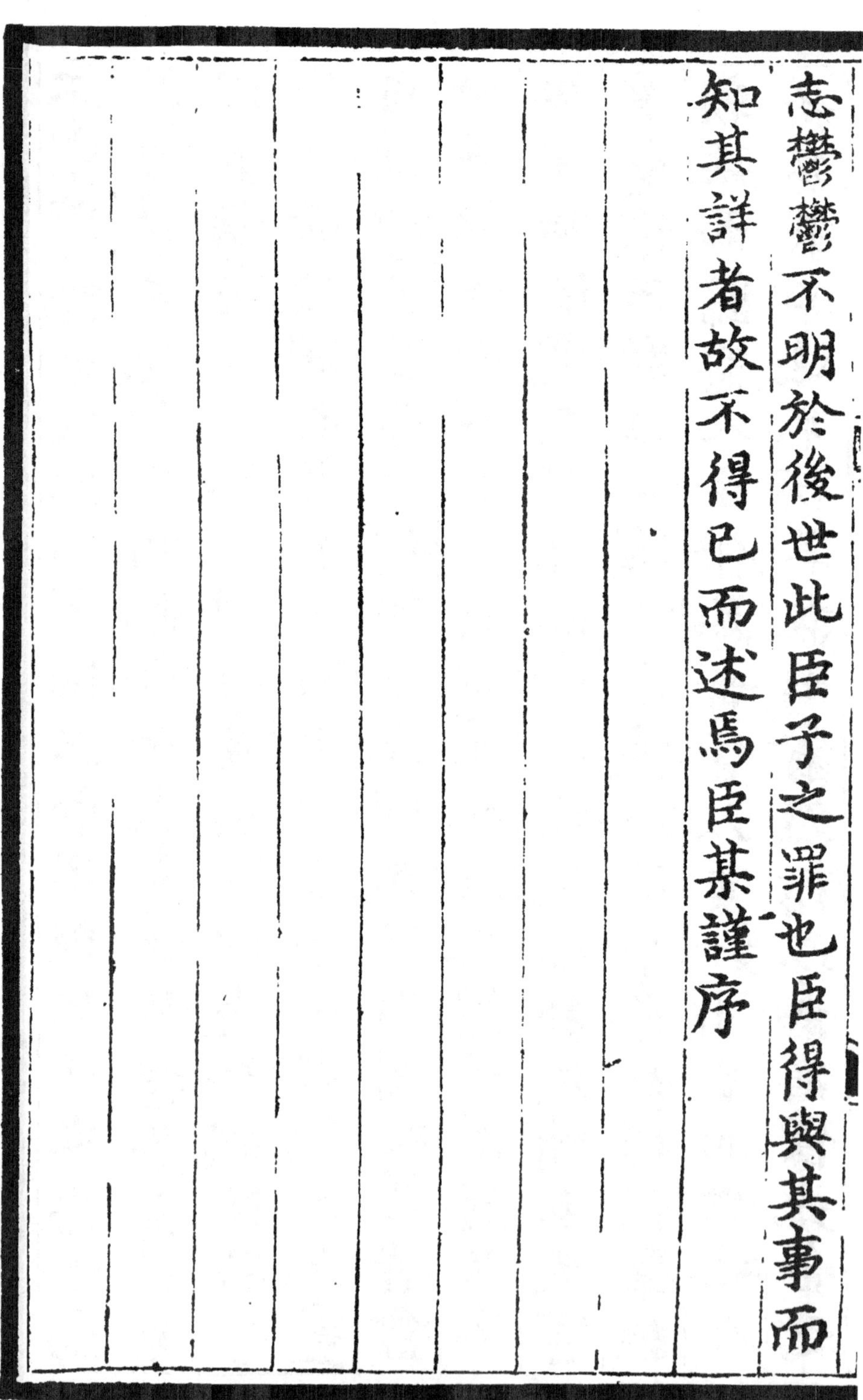

志鬱鬱不明於後世此臣子之罪也臣得與其事而知其詳者故不得已而述焉臣某謹序

濮議卷第一　　歐陽文忠公集一百二十

英宗皇帝初即位既覃大慶於天下羣臣並進爵秩恩澤徧及存亡而宗室故諸王亦已加封贈惟濮安懿王上所生父也中書以爲不可與諸王一例乃奏請下有司議合行典禮奏狀具別卷有旨宜俟服除其議遂格音閣治平二年四月上既釋服乃下其奏兩制雜學士待制禮官詳議翰林學士王珪等議濮安懿王高官大國極其尊榮而已其議狀具別卷中書以爲贈官及改封大國當降制行册命而制册有式制則當曰某親具官某可贈某官追封某國王其册則當曰皇帝

若曰咨爾某親某官某今冊命爾爲某官某王而濮王於上父子也未審制冊稱爲何親及名與不名乃再下其議而珪等請稱皇伯而不名其議狀具別卷中書據儀禮喪服記云爲人後者爲其父母報又據開元開寶禮皆云爲人後者爲其所生父齊衰不杖期爲所後父斬衰三年是所後所生皆稱父母而古今典禮皆無改稱皇伯之文又歷檢前世以藩侯入繼大統之君不幸多當衰亂之世不可以爲法唯漢宣帝及光武盛德之君也皆稱其父爲皇考而皇伯之稱既非典禮出於無稽故未敢施行乃略具古今典禮及

漢孝宣光武故事并録皇伯之議別下三省集官與臺官共加詳議未及集議而皇太后以手書責中書不當（一有議字）稱皇考中書具對所以然（其對劄子具別卷）而上見皇太后手書驚駭遽降手詔罷議而追崇之禮亦寢後數日禮官范鎮等堅請必行皇伯之議其奏留中已而臺官亦各有論列上既以皇太后之故決意罷議故凡（一有有字）言者一切留中上聖性聰睿英果燭理至明待遇臣下禮極謙恭然而不爲姑息臺官所論濮園事既悉已留中其言他事不可從者又多寢而不行臺官由此積忿出怨言并怒中書不爲施行

中書亦嘗奏云近日臺官忿朝廷不用其言謂臣等
壅塞言路致陛下爲拒諫之主乞略與施行一二事
上曰朝廷當以至公待天下若臺官所言可行當即
盡理施行何止略行一二若所言難行豈當應副人
情以不可行之事勉强行之豈不害事耶中書以上
語切中事理不敢更有所請（一作言）上仍問曰所言莫
有可行而未行者否韓琦已下相顧曰實無之因（一有
奏字）曰如此則未有是時雜端御史數人皆新被擢用
銳於進取務求速譽見事輒言不復更思職分故事
多乖繆不可施行是時京師大雨水官私屋宇倒塌

無數而軍營尤甚上以軍士暴露聖心焦勞而兩府之臣相與憂畏夙夜勞心竭慮部分處置各有條目矣是時范純仁新除御史初上殿中外竦聽所言何事而第一劄子催修營房責中書何不速了因請每一營差監官一員中書勘會在京倒塌軍營五百二十坐如純仁所請當差監官五百二十員每員當直兵士四人是於國家倉卒多事闕人之際虛破役兵二千人當直五百員監官而未有瓦木笆箔一併興修未得其狂率疎繆如此故於中書聚議時臣偕不覺笑之而臺中亦自覺其非後數日呂大防再言乞

兩營共差一官，其所言煩碎不識事體不可施行多類此而臺官不自知其言不可施（一無此字）行但怨朝廷沮而不行故呂大防又言今後臺官言事不行者乞令中書具因何不行報臺其忿戾如此而怨怒之言（一作語）漸傳於士大夫間臺官親舊有戲而激（一作咲）之（一有者字）曰近日臺官言事中書盡批進呈訖外人謂御史臺爲進呈院矣此語甚著朝士相傳以爲戲笑而臺官益怏怏懟憤遂爲決去就之計以謂因言得罪猶足取美名是時人主聖德恭儉舉動無差失兩府大臣亦各無大過未有事可決去就者惟濮議未定乃曰此好題目所謂奇貨不可失也於是相與力言然是時手詔既已罷議皇伯皇考之說俱未有適從其他追崇禮數又未嘗議及朝廷於濮議未有過失故言事者但乞早行皇伯之議而已中書以謂前世議禮連年不决者甚多此事體大况人主謙抑已罷不議有何過舉可以論列於是置而不問臺官羣至中書揚言曰相公宜早了此事無使與一作他人作奇貨上亦已决意罷議故言者雖多一切不聽由是臺官愈益愧耻既勢不能止又其本欲以言得罪而買名故其言惟務激怒朝廷無所忌憚而肆爲誣罔多

引董宏朱博等事借指臣其爲首議之人恣其醜詆
初兩制以朝廷不用其議意已有不平者字一有及臺憲
有言遂翕然相與爲表裏而庸俗中下之人不識禮
義者不知聖人重絕人嗣凡無子者明許立後是大
公之道但習見閭閻俚俗養過房子及異姓乞養義
男之類畏人知者皆諱其所生父母以爲當然遂以
皇伯之議爲是臺官既挾兩制之助而外論又如此
因以言惑衆云朝廷背棄仁宗恩德崇奬濮王而庸
俗俚巷之人至相語云待將濮王入太廟換了仁宗
木主中外洶洶莫可曉諭而有識之士知皇伯之議

爲非者微有一言佑朝廷便指爲姦邪太常博士孫固嘗有議請稱親議未及上而臺官交章彈之由是有識之士皆鉗口畏禍矣久之中書商量欲共定一酌中禮數行之以息羣論乃略草一事目進呈乞依此降詔云濮安懿王是朕本生親也羣臣咸請封崇而子無爵父之義宜令中書門下以塋爲園即園立廟令王子孫歲時奉祠其禮止於如此而已乃是歲九月也忘其日矣上覽之略無難色曰只如此極好然須白過太后乃可行且少待之是時漸近南郊朝廷事多臺議亦稍中息上又未暇白太后中書亦更不議

及郊禋既罷明年正月臺議復作中書冊將前所草事目進呈乞降詔上曰待三兩日間白過太后便可施行矣不期是夕忽遣高居簡就曾公亮宅降出皇太后手書云濮王許皇帝稱親又云濮王宜稱皇三夫人宜稱后與中書所進詔草中事絕異而稱皇稱后二事上亦不曾先有宣諭從初中書進呈詔草時但乞上直降詔施行初無一語及慈壽宫而上但云欲白過太后然後施行亦不云請太后降手書此數事皆非上本意亦非中書本意一作議是日韓琦以祠祭致齋惟曾公亮趙槩與臣脩在垂拱殿門閤子内

相顧愕然以事出不意莫知所爲因請就致齋處召韓琦同取旨少頃琦至不及交言遂同上殿琦前奏曰臣有一愚見未知可否上曰如何琦曰今太后手書三事其稱親一事可以奉行而稱皇稱后乞陛下辭免別降手詔止稱親而却以臣等前日進呈詔草以塋爲園即園立廟令王子孫奉祠等事便載於手詔施行上欣然曰甚好遂依此降手詔施行手詔具別卷初中外之人爲臺官眩惑云朝廷尊崇濮王欲奪仁宗正統故人情洶洶及見手詔所行禮數止於如此皆以爲朝廷處置合宜遂更無異論惟建是一作皇伯

之議者猶稍一作以稱親爲不然而呂誨等已納告勑杜門不出其勢亦難中止遂專指稱親爲非益肆其誣罔言韓琦交結中官蘇利涉高居簡惑亂皇太后致降手書又專指臣脩爲首議之人乞行誅戮以謝祖宗其奏章正本進入副本便與進奏官令傳布誨等既欲得罪以去故每對見所言悖慢惟恐上不怒也上亦數諭中書云誨等遇人主無復君臣之禮然上聖性仁厚不欲因濮王事逐言事官故屈意含容久之至此知其必不可留猶數遣中使還其告勑就家宣召既決不出遂各止以本官除外任蓋濮園之

議自中書始初建一作啓請以至稱親立廟上未嘗有一言欲如何追崇但虛懷恭己一付大臣與有司而惟典禮是從爾其不稱皇伯欲稱皇考自是中書執議上亦無所偏執及誨等累論久而不決者蓋以上性嚴重不可輕回謂已降手詔罷議故稱伯稱考一切罷而不議爾非意有所偏執也上嘗諭韓琦等云昔漢宣帝即位八年始議追尊皇考昨中書所議何太速也以此見上意慎重不敢輕議耳豈欲過當追崇也至於中書惟稱號不敢用皇伯無稽之說欲一遵典故耳其他追崇禮數皆未嘗議及者蓋皇伯皇

考稱呼猶未決而遽罷議故未暇及追崇之禮也其後所議止於即園立廟而已如誨等廣引哀桓之事爲厚誣者皆未嘗議及也初誨等既決必去之意上屈意留之不可得趙瞻者在數人中尤爲庸下殊不識事體遂揚言於人云昨來官家但不曾下拜留我耳以此自誇有得色而吕誨亦謂人曰嚮若朝廷於臺官所言事十行得三四使我輩遮羞亦不至決去由是言之朝廷於濮議豈有過舉遂臺官豈是上本意而誨等決去豈專爲濮議耶士大夫但見誨等所誣之言而不知濮事本末不究誨等用心者但謂以言

絨黜便是忠臣而爭爲之譽果如誨等所料誨等既果以此得虚名而薦誨等者又欲因以取名夫揚君之惡而彰己善猶不可況誣君以惡而買一作賣虚名哉嗚呼使誨等心迹不露而誣罔不明先帝之志不諭於後世臣等之罪也故直書其實以備史官之采

濮議卷第一

歐陽文忠公集一百二十一

濮議卷第二

或問罷議之詔有權罷之文議者謂權罷者有待之言也蓋朝廷迫於皇太后不得已而罷故云權罷者欲俟皇太后千秋萬歲後復議追崇耳朝廷之意果如是乎答曰此厚誣之一事也使朝廷果有此意手詔雖無權字他日别議追崇何施不可何必先露此意示人是時臺諫方吹毛求疵以指爲朝廷過失若君臣果有此意亦當深謀密計豈肯明著詔令以資言者之口問者曰然則何故云權罷答曰事體自當如此爾追崇以彰聖君之孝而示天下也本無中罷

之理今不得已而罷當爲遜避之辭故云權罷集議更令禮官徐求典禮者乃體當如此[一有耳字]此事人所易知而呂誨等欲恐迎人主故厚誣以有待之說也先帝每語及此事則不勝其憤仰天而歎曰天鑒在上豈有此心或問皇太后既已責中書不當議稱皇考而手書復有稱皇稱后等事議者謂韓琦交結高居簡惑亂皇太后請降手書其稱親稱皇稱后皆非皇太后本意果若是乎答曰手書非皇太后本意事出禁中非外人所得知也若云因韓琦使高居簡請降手書則又厚誣也何以明之若手書是韓琦所請

既降出便合奉行豈敢却有沮難又請上別降手詔也以此而言但見韓琦沮止手書稱皇稱后二事不見琦請降手書（一作詔）也問者又曰然則出於上意乎答曰亦非也若出於上意亦（一作則）當先諭中書商議安得絶無一言及之又若上意果有所主而中書雖欲不奉行猶須再三論列方可回聖意豈有韓琦一言上即從之略無難色以此知上意不主也問者又曰然則稱皇稱后是哀栢之事中書以爲非而不奉行者也而呂誨表乃反（一作去）致主之謀不耻哀栢之亂制者何謂也答曰此所以爲厚誣也且稱親置園寢及稱皇

考皆是漢宣光故事呂誨等指以爲哀桓之亂制乃
是指鹿爲馬爾以此見其誣罔何所不至也據漢書
師丹上疏去定陶恭皇謚號旣已前定義不可復改
據此則恭王稱皇乃師丹許以爲是者故云不可復
改爾昨國家於濮王園自不議稱皇就使稱皇亦是
師丹所許者也問者曰若此則師丹當時與漢爭論
何事答曰董宏欲去定陶國號而止稱恭皇及欲立
廟京師爾此二事是師丹所爭也蓋恭皇之號常繫
於定陶則自是於諸侯國稱皇爾與漢不相干也若
止稱恭皇而不繫以國則有進干漢統之漸又立廟

京師則亂漢宗廟此師丹不得不爭也昨濮王既不稱皇而立廟止在濮園事無差僭而呂誨等動以師丹自比不知朝廷有何過舉誨等果爭論何事也問者曰誨等所論者稱親也稱親果是乎答曰稱親是矣此乃漢宣故事也謹按宣帝之父曰史皇孫初丞相蔡義議稱親謚曰悼裁置奉邑而已其後魏相始改親稱皇考而立廟京師至哀帝時議毁漢廟不合禮經者於是毁悼皇考廟在京師者是時丞相平晏等百餘人議曰親謚曰悼裁置奉邑皆應經義由是言之立廟京師則當毁稱親置奉邑則自合經義也

所謂應經義者即儀禮云為人後者為其父母報是也親者父母之稱也問者曰京師廟既毀而又毀奉明園者何也答曰漢制宗室諸侯王皆有園悼皇考自合置園初名奉明園置奉邑三百家可矣其後增為一千六百家而改奉明園為縣則僭天子之制矣故議毀之也今國家追崇濮王其禮數三而已稱親一也置園二也立廟三也稱親則漢儒所謂應經義者也置園則漢宗室諸侯王之制也立廟則一品家廟之制也如漢諸王廟當在本國今濮國一有為字虛名無立廟處故即園而立廟爾其依經合古可以為

萬世法也問者曰漢儒既以稱親爲應經義又以兩統貳父爲非禮一有字者何謂也豈其議自相矛楯乎答曰兩議皆是不相矛楯也其初稱親而置邑也上在下國與漢朝不相干故不違經義也及其後立廟於京師與漢祖宗並立至元帝時議毁親盡之廟時昭帝既以親未盡不毁悼皇考亦以親未盡不毁是則悼皇考與漢祖宗並爲世數此爲一作所謂兩統貳父也元帝既上承昭宣而又承悼皇考爲世所謂違離祖統者其議皆是也使悼皇考廟在奉明園而不與漢朝宗廟相干豈有兩統貳父之説乎問者曰父有貳

乎答曰何止貳也父之别有五母之别有八皆見於經與禮而父之别曰父也所生父也所後父也同居繼父也不同居繼父也不同居繼父者父死而母再適人子從而暫寓其家後去而異居矣猶以暫寓其家之恩終身謂其人爲父而所生父者天性之親也反不得謂之父是可謂不知輕重者也問者曰父母之名果不可改乎對曰能深娭爲後者尊其父母莫如魏明帝也明帝之詔曰有謂考爲皇稱妣爲后者大臣共誅之然則稱皇與后是其所禁而考妣之名雖明帝不能易也明帝之不能易是不可改也問者

曰所生所後父之名徒見於禮文而今世未嘗用也今公卿士大夫至于庶人之家養子為後者皆以（一有其字）所生父為伯叔久矣一旦欲用古禮而違世異俗其能使衆論不諠乎答曰禮之廢失久矣始於閭閻鄙俚之人不知義禮者壞之而士族之家因相習見遂以成風然國家之典禮則具存也今士大夫衣冠束帶立於朝廷號為儒學之臣為天子議禮乃欲不遵祖宗之典禮（謂開寶通禮五服年月等書）而徇閭閻鄙俚之弊事此非臣某之所敢知也使臣以此得罪臣固無憾而不悔也況所謂以養子所生為伯叔父者今但行於私

家爾有司之議禮議律則未嘗不遵典禮也方禮官議以濮王爲皇伯也是時王子融卒初故相王曾之無子也以其兄子融之子繹爲後及子融之死也禮官議繹服所生父齊衰朞而心喪三年夫以子融爲所生父是典禮也以濮王爲伯是閭閻之所稱也兩議並發於一時而爲臣下議則用典禮爲天子議則用閭閻其任情顛倒有如此而人莫與之辨也問者曰或謂所生父之名出於喪服記止可爲議服而言其他不可稱也果若是乎答曰律言所養父殺其所生父聽其子告者又豈因議服而言乎問者曰禮有

明文一作禮存父名而世不用者何也答曰聖人以立後爲公不畏人知故不諱不諱則其子必有所生父母也小人不知義禮以養子爲私畏人知之故諱其自有父母欲一心以爲我生之子故惟恐諱之不密也嘗試論之曰一本無此五字古之不幸無子而以其同宗之子爲後者聖人許之著之禮經而不諱也而後世閭閻鄙俚之人則諱之諱之則不勝其欺與僞也故其苟偷竊取嬰孩襁褓之子諱其父母而自欺以爲我生之子曰不如此則不得其一志盡愛於我而其心必二也而爲其子者亦自諱其所生而絶其天性之親反

視以為叔伯父以此欺其九族而亂其人鬼親踈之序凡物生而有知未有不愛其父母者使是子也能忍（一有而字）真絕其天性歟曾禽獸之不若也使其不忍而外陽絕之是大僞也夫閭閻鄙俚之人之（一作其）慮於事者亦已深矣然而苟竊欺僞不可以為法者小人之事也惟聖人則不然以為人道莫大於繼絕此萬世之通制而天下之至公也何必諱哉所謂子者未有不由父母而生者也故為人後者必有所生之父此理之自然也其簡易明白不苟不竊不欺不僞可以為通制而公行者聖人之法也又以謂為人後

者所承重故加其服以斬而所生之親恩有屈於義故降其服以朞服可降父母之名不可諱故著於經曰為人後者為其父母報目三代以來有天下國家者莫不用之問者曰以濮王稱親則於仁宗之意如何答曰大哉仁宗皇帝之至聖至明也知立後為公不畏人知而不諱也故明詔天下曰是濮安懿王之子也然則濮安懿王者為所生父可知矣此仁宗先告乎天下矣所謂簡易明白不苟不竊不欺不偽者聖人之法也問者曰議者以謂恭愛之心分施於彼則不得專一於此也此兩制議稱皇伯議狀之文也如是則恭愛可

專施於一而不分施於二也使上之待濮王也既不施恭又不施愛是以行路之人待其所生也不亦過乎荅曰行路之人遇其鄉閭之長者與有德者則必竦然有肅恭之容遇其交遊故舊久不相見者則必忻然有驩愛之語今遇其所生而既不施恭又不施愛是不如行路之人也忍為斯言者誰乎君子之為言也度可行於己然後可責於人今斯人也偶不為人後耳使其自度為人後而能以不恭不愛待其父母則能忍而為此言也問者曰為人後而不絕其所生之恩者施於臣民可矣施於國家而有宗廟社稷

之重則將干乎正統柰何荅曰濮園之稱親立廟今二歲矣而與宗廟朝廷了不相關也其於正統有何所干乎於此是以見言者之誣罔也復何疑乎

濮議卷第二

濮議卷第三　歐陽文忠公集一百二十二

中書請議濮王典禮奏狀

韓琦等狀奏：伏以出於天性之謂親，緣於人情之謂禮。雖以義制事，因時適宜，而親必主於恩，禮不忘其本，此古今不易之常道也。伏惟皇帝陛下奮乾之健，乘離之明，擁天地神靈之休，荷宗廟社稷之重。即位以來，仁施澤浹，九族既睦，萬國交歡。而濮安懿王德盛位隆，宜有尊禮。陛下受命先帝，躬承聖統，顧以大義後其私恩，慎之重之，事不輕發。臣等忝備宰弼，實聞國論，謂當考古約禮，因宜稱情，使有以隆恩而廣愛庶幾上以彰孝治下以厚民風臣等伏請（一本臣等伏請四字却作願字）下有司議濮安懿王及譙國太夫人王氏襄國太夫人韓氏仙遊縣君任氏合行典禮詳處其當以時施行

兩制禮官議狀

臣等謹按儀禮喪服為人後者傳曰何以三年也受重者必以尊服服之為所後者之祖父母妻妻之父母昆弟昆弟之子若子若子者言皆如親子也又為人後者為其父母報傳曰何以期也不貳斬也何以不貳斬也持重於大宗者降其小宗也又為人後者為其昆弟傳曰何以大功也為人後者降其昆弟也

以此觀之為人後者為之子不敢復顧私親聖人制禮尊無二上若恭愛之心分施於彼則不得專一於此故也是以秦漢以來帝王有自旁支入承大統者或推尊父母以為帝后皆見非當時取譏後世臣等不敢引以為聖朝法況前代入繼者多宮車晏駕之後援立之策或出母后或出臣下非如仁宗皇帝年齡未衰深惟宗廟之重祗承天地之意於宗室衆多之中簡拔聖明授以大業陛下親為先帝之子然後繼體承祧光有天下濮安懿王雖於陛下有天性之親顧復之恩然陛下所以負扆端冕富有四海子子

孫孫萬世相承者皆先帝之德也臣等愚淺不達古今竊以為今日所以崇奉濮安懿王典禮宜一準先朝封贈期親尊屬故事高官大國極其尊榮譙國太夫人襄國太夫人仙遊縣君亦改封大國太夫人考之古今實為宜稱

中書進呈劄子

準内降翰林學士王珪等奏崇奉濮安懿王典禮宜一準先朝封贈期親尊屬故事高官大國極其尊榮譙國太夫人襄國太夫人仙遊縣君亦改封大國太夫人考之古今實為宜稱者伏詳王珪等所奏未見

詳定濮安懿王當稱何親名與不名欲乞再下王珪等詳定聞奏

兩制禮官再議稱皇伯狀

臣等參詳真宗大中祥符八年楚王元佐以皇兄詔書不名仁宗即位涇王元儼以皇叔賛拜不名天聖五年加詔書不名此國朝崇奉尊屬故事今濮安懿王於仁宗皇帝其屬爲兄於皇帝合稱皇伯而不名謹具狀聞奏伏候勑旨

中書請集官再議進呈劄子

準内降翰林學士王珪等狀稱臣等參詳真宗大中

祥符八年楚王元佐以皇兄詔書不名仁宗即位涇王元儼以皇叔贊拜不名天聖五年加詔書不名此國朝崇奉尊屬故事今濮安懿王於仁宗皇帝其屬爲兄於皇帝合稱皇伯而不名者臣等謹按儀禮爲人後者爲其父母報及按令文與五服年月勑並云爲人後者爲其所後父斬衰三年爲人後者爲其父母齊衰期即出繼之子於所繼所生皆稱父母又漢宣帝光武皆稱其父爲皇考今來王珪等議稱皇伯於典禮未見明有引據伏請下尚書省集三省御史臺官定議聞奏

奏慈壽宫劄子

二十三日中使韓和齎到皇太后實封劄子一封付中書爲尚書省集議濮王典禮事中書檢勘自皇帝登極後應皇親尊屬並各追封加贈惟有濮王并夫人爲是皇帝本生父母合下有司檢尋典禮并前代故事遂具奏請尋奉聖旨候過諒闇别取旨近自皇帝釋服從吉遂再奏乞下兩制以上及太常禮院詳定尋據王珪等奏稱崇奉濮安懿王典禮宜一準先朝封贈期親尊屬故事高官大國極其尊榮中書爲未見議定合稱何親再下詳議續據王珪等議稱皇

伯中書檢詳儀禮爲人後者爲其父母報及令文與五服年月敕並云爲人後者爲所後父斬衰三年係義服爲人後者爲其父母齊衰期係正服即出繼之子於所繼所生皆稱父母是古今禮律明文其王珪等議稱皇伯即前代並無典故須令奏乞下尚書省集官再議只是令議合稱呼何親所有合行尊崇典禮未曾議及今來忽蒙皇太后降出指揮臣等竊恐是間諜之人故要衒惑聖聽離間兩宫將前代已行典禮隱而不言但進呈一无呈字皇伯無稽之説欲撓公議臣等各是先朝舊臣若於仁宗承繼大統有礙事

體豈敢妄爲自取衆人之罪況今來已奉皇帝手詔
今權罷集議臣等若不具述前後理道慮皇太后不
知始末兼外廷凡百公博一作議若皇太后却欲親見
兩府并百官理會竊恐有虧聖德兼臣等限以朝廷
規制亦必不敢對見謹具奏聞謹奏

稱親手詔

朕面奉皇太后慈旨爲議濮安懿王典禮久未施行
已降手書付中書濮安懿王譙國太夫人王氏襄國
太夫人韓氏仙遊縣君任氏令朕稱親仍尊濮安懿
王爲濮安懿皇王氏韓氏任氏並稱后朕以方承大

統懼德不勝稱親之禮謹遵慈訓追崇之典豈易克當且欲以塋為園增置吏卒守衛即園立廟俾王子孫主奉祠事皇太后諒茲誠懇即賜允從宜令中書門下依此施行

牓朝堂手詔

朕近奉皇太后慈旨濮安懿王令朕稱親仍有追崇之命朕惟漢（一有史字）宣帝本生父稱曰親又謚曰悼裁置奉邑皆應經義既有典故遂遵慈訓而不敢當追崇之典朕又以上承仁考宗廟社稷之重義不得兼奉其私親故但即園立廟俾王子孫世襲濮國自主

祭祀遠嫌有別蓋欲為萬世法豈皆權宜之舉哉而臺官呂誨等始者專執合稱皇伯進（一作追）封大國之議朕以本生之親改稱皇伯歷考前世並無典據進（一作追）封大國則又禮無加爵之道向自罷議之後誨等奏促不已忿其未行乃引漢哀帝去恭皇定陶之號立廟京師干亂正統之事皆朝廷未嘗議及者歷加誣詆自比師丹意欲搖動人情衒惑衆聽以至封還告勑擅不赴臺明繳留中之奏於中書録傳訕上之文於都下暨手詔之出誨等則以稱親立廟皆為不當朕覽誨等前疏亦云生育之恩禮宜追厚俟祥

禫既畢然後講求典禮襃崇本親令反以稱親爲非
前後之言自相抵牾繼以堯俞等不顧義理更相唱
和既挽權而恃衆復歸過以取名朕姑務含容屈於
明憲止命各以本官補外尚慮搢紳之間士民之衆
不詳本末但惑傳聞欲釋羣疑理宜申諭宜令中書
門下俾御史臺出牓朝堂及進奏院遍牒告示庶知
朕意

濮議卷第三

濮議卷第四　　　　歐陽文忠公集一百二十三

劄子一首　是歲十月撰　不曾進呈

臣伏見朝廷議濮安懿王典禮兩制禮官請稱皇伯中書之議以謂事體至大理宜慎重必合典故方可施行而皇伯之稱考於經史皆無所據方欲下三省百官博訪群議以求其當陛下屈意手詔中罷而衆論紛然至今不已臣以謂衆論雖多其說不過有三其一曰宜稱皇伯者是無稽之臆說也其二曰簡宗廟致水災者是厚誣天人之言也其三曰不當用漢宣哀爲法以干亂統紀者是不廣本末之論也臣請

為陛下條列而辨之謹按儀禮喪服記曰為人後者為其父母報報者齊衰期也謂之降服以明服可降父母之名不可改也又按開元開寶禮國朝五服年月喪服令皆云為人後者為其所生父齊衰不杖期蓋以恩莫重於所生故父母之名不可改義莫重於所繼故寧抑而降其服此聖人所制之禮著之六經以為萬世法者是中書之議所據依也若所謂稱皇伯者考於六經無之方今國朝見行典禮及律令皆無之自三代之後秦漢以來諸帝由藩邸入繼大統者亦皆無之可謂無稽之臆說矣夫儀禮者聖人六

經之文開元禮者有唐三百年所用之禮開寶通禮者聖宋百年所用之禮五服年月及喪服令亦皆祖宗累朝所定方今天下共行之制今議者皆棄而不用直欲自用無稽之臆說此所以不可施行也其二曰簡宗廟致水災者臣伏以上天降災皆主人事故自古聖王逢災恐懼多求闕政而修之或自知過失而改悔之庶幾以塞天譴然皆須人事已著於下則天譴爲形於上今者濮王之議本因兩制禮官違經棄禮用其無稽之臆說欲定皇伯之稱中書疑其未可施行乃考古今典禮雖有明據亦未敢自信而自

專方更求下外廷博議而陛下遽詔中罷欲使有司
徐求典禮是則臣下慎重如此人君謙畏如此君臣
不敢輕議妄舉而天遽譴怒殺人害物此臣所謂厚
誣天也議猶未決仍罷不議而便謂兩統二父以致
天災者厚誣人也其三引漢宣哀之事者臣謹按漢
書宣帝父曰悼皇考初稱親謚曰悼置奉邑寢園而
已其後改親稱皇考而立廟京師皇考者親之異名
爾皆子稱其父之名也漢儒初不以爲非也自元帝
以後貢禹韋玄成等始建毀廟之議數十年間毀立
不一至哀帝時大司徒平晏等百四十七人奏議云

親謚曰悼裁置奉邑皆應經義是不非宣帝稱史皇孫為親也所謂應經義者即儀禮云為人後者為其父母報是也惟其立廟京師亂漢祖宗昭穆故晏等以謂兩統二父非禮宜毁也定陶恭王初但號共皇立廟本國師丹亦無所議至其後立廟京師欲去定陶不繫以國有進于漢統之漸丹遂大非之故丹議云定陶恭皇謚號已前定議不得復改而但論立廟京師為不可爾然則稱親置園皆漢儒所許以為應經義者惟去其國號立廟京師則不可爾今言事者不究朝廷本議何事不尋漢臣所非者何事此臣故

謂不原本末也中書之議本謂稱皇伯無稽而禮經有不改父名之義方議名號猶未定故尊崇之禮皆未及議而言事者便引漢去定陶國號立廟京師之事厚誣朝廷以爲干亂大統何其過論也夫去國號而立廟京師以亂祖宗昭穆此議可非之事若果爲此議宜乎指臣等爲姦邪之臣而人主有過舉之失矣其如陛下之意未嘗及此而中書亦初無此議而言事者不原本末過引漢世可非之事以爲説而外庭之臣又不審知朝廷本議如何但見言事者云云遂以爲欲加非禮干亂統紀信爲然矣是以衆口一

辭紛然不止而言事者欲必遂其皇伯無稽之説章
引天災惡迫人主而中書守經執禮之議反指以爲
姦邪之言朝廷以言事之臣禮當優容不欲與之爭
辨而外庭羣論又不可家至而户曉是非之禮不辨
上下之情不通此所以呶呶而不止也夫爲人後者
既以所後爲父矣而聖人又存其所生父名者非曲
爲之意也蓋自有天地以來未有無父而生之子也
既有父而生則不可諱其所生矣夫無子者得以宗
子爲後是禮之所許也然安得無父而生之子以爲
後乎此聖人所以不諱無子者立人之子以爲後亦

不誨爲人後者有父而生蓋不欺天不誣人也故爲人後者承其宗之重任其子之事而不得復歸於本宗其所生父母亦不得往與其事至於喪服降而抑之一切可以義斷惟其父母之名不易者理不可易也易之則欺天而誣人矣子爲父母服謂之正服出爲人後者爲本生父母齊衰期謂之降服又爲所後父斬衰三年謂之義服今若以本生父爲皇伯則濮安懿王爲從祖父反爲小功而濮王夫人是本生嫡母也反爲義服自宗懿已下本生兄弟於禮雖降猶爲大功是禮之齊衰期今反爲小功禮之正服今反

爲義服上於濮王父也反服小功於宗懿等兄弟也反服大功此自古所以不稱所生父爲伯父叔父者稱之則禮制乖違人倫錯亂如此也伏惟陛下聰明睿聖理無不燭今衆人之議如彼中書之議如此必將從衆乎則衆議不見其可欲違衆乎則自古爲國未有違衆而能舉事者　願陛下霈然下詔明告中外以皇伯無稽決不可稱而今所欲定者正名號爾至於立廟京師干亂統紀之事皆非朝廷本議庶幾羣疑可釋若知如此而猶以謂必稱皇伯則雖孔孟復生不能復爲之辨矣

爲後或問上

或問爲人後者不絕其所生之親可乎曰可矣古之人不絕也而降之何以知之曰於經見之何謂降而不絕曰降者所以不絕也若絕則不待降也所謂降而不絕者禮爲人後者降其所生父母三年之服以爲朞而不改其父母之名者是也問者曰令之議者以謂爲人後者必使視其所生若未嘗生已者一以所後父爲尊卑踈戚若於所後父爲兄則以爲伯父爲弟則以爲叔父如此則如之何余曰吾不知其何所稽也苟如其說沒其父母之名而一以所後父爲

尊卑疏戚則宗從世數各隨其遠近輕重自有服矣聖人何必特爲制一有爲字降服乎此余所謂若絶則不待降者也稽之聖人則不然昔者聖人之制禮也爲人後者於其父母不以所後之父尊卑疏戚爲別也直自於其父子之間爲降殺爾親不可降降者降其外物爾喪服是也其必降者示有所屈也以其承大宗之重尊祖而爲之屈爾屈於此以伸於彼也生莫重於父母而爲之屈者以見承大宗者亦重也所以勉爲人後者知所承之重以專任人之事也此以義制者也父子之道天性也臨之以大義有可以降其

外物而本之於至仁則不可絶其天性絶人道而滅天理此不仁者之或不爲也故聖人之於制服也爲降三年以爲朞而不沒其父母之名以著於六經曰爲人後者爲其父母報以見服可降而父母之名不可沒也此所謂降而不絶者以仁存也夫事有不能兩得勢有不能兩遂爲子於此則不得爲子於彼矣此俚巷之人（一作人人之）所共知也故其言曰爲人後者爲之子此一切之論非聖人之言也是漢儒之說也及（一作乃）衆人之所能道也質諸禮則不然方子夏之傳喪服也苟如衆人一切之論則不待多言也直爲一

言曰為人後者為之子則自然視其父母絶若未嘗生已者矣自然一以所後父為尊卑踈戚矣柰何彼子夏者獨不然也其於傳經也委曲而詳言之曰視所後之某親某親則若子若子者若所後父之真子以自處而視其族親一以所後父為尊卑踈戚也故曰為所後者之祖父母妻妻之父母昆弟昆弟之子若子猶嫌其未備也又曰為所後者之兄弟之子若子其言詳矣獨於其所生父母不然而别自為服曰為其父母報蓋於其所生父母不使若為所後者之真子者以謂遂若所後者之真子以自處則視其所

生如未嘗生已者矣其絶之不已甚乎此人情之所不忍者聖人亦所不爲也今議者以其所生於所後爲兄者遂以爲伯父則是若所後者之真子以自處矣爲伯父則自有服不得爲齊衰期矣亦不得云爲其父母報矣凡見於經而子夏之所區區分别者皆不取而又忍爲人情之所不忍者吾不知其何所稽也此大義也不用禮經而用無稽之説可乎不可也問者曰古之人皆不絶其所生而今人何以不然曰是何言歟今之人亦皆然也而又有加於古焉今開寶禮及五服圖乃國家之典禮也皆曰爲人後者爲

其所生父母齊衰朞服雖降矣必爲正服者示父母之道在也爲所後父斬衰三年服雖重矣必爲義服者示以義制也而律令之文亦同五服者皆不改其父母之名質於禮經皆合無少異而五服之圖又加以心喪三年以謂三年者父母之喪也雖以爲人後之故降其服於身猶使行其父母之喪於其心示於所生之恩不得絕於心也則今人之爲禮比於古人又有加焉何謂今人之不然也

爲後或問下

問者曰子不能絕其所生見於經見於通禮見於五

服之圖見於律見於令其文則明矣其所以不絕之意如之何曰聖人以人情而制禮者也問者曰事有不能兩得勢有不能兩遂爲子於此則不得爲子於彼此豈非人情乎曰是衆人之論也是不知仁義者也聖人之於人情也一本於仁義故能兩得而兩遂此所以異乎衆人而爲聖人也所以貴乎聖人而爲衆人法也父子之道正也所謂天性之至者仁之道也爲人後者權也權而適宜者義之制也恩莫重於所生義莫重於所後仁與義二者常相爲用而未嘗相害也故人情莫厚於其親抑而降其外物者迫於

大義也降而不絕於其心者存乎至仁也抑而降則仁不害乎義降而不絕則義不害乎仁此聖人能以仁義而相為用也彼衆人者不然也其為言曰不兩得者是仁則不義義則不仁矣夫所謂仁義者果若是乎故曰不知仁義者衆人也嗚呼聖人之以人情而制禮也順適其性而為之即文爾有所強焉不為也有所拂焉不為也況欲反而易之其可得乎今謂為人後者必絕其所生之愛豈止強其所難而拂其欲也是直欲反其天性而易之曰爾所厚者為我絕之易爾之厚於彼者一以厚於此是其可以強乎夫

父母猶天地其大恩至憂無以加者以其生我也今苟以為人後之故一旦反視若未嘗生我者其絶之固已甚矣使其真絶之歟是非人情也迫於義而有一僞字絶之歟則是仁義者教人為偽也是故聖人知其無一可也以謂進承人之重而不害於仁退得伸其恩而不害於義又全其天性而使不陷於為偽惟降而不絶則無一不可矣可謂曲盡矣夫惟仁義能曲盡人情而善養人之天性以濟於人事無所不可也故知義可以為人後而不知仁不絶其親者衆人之偏見也知仁義相為用以曲盡人情而善養人之天

性使不入於僞惟達於禮者可以得聖人之深意也問者曰爲人後而有天下者不絶其所生則將干乎大統奈何曰降則不能干矣自漢以來爲人後而有天下者尊其所生多矣何嘗干於大統使漢宣哀不立廟（一有於字）京師以亂昭穆則其於大統亦何所干乎

漢魏五君篇

治平二年秋八月京師大雨水壞官私廬舍而民被壓溺者千餘人或謂是時方議濮王典禮議者以謂天災之應信乎曰議猶未決而天已降災殺人害物此厚誣天人之言也余已論之詳矣問者曰前世已

驗之事如之何曰自漢以來由諸侯入繼大統之君
多矣不可遍舉今略舉入繼大統之君追尊所生父
母者二人不追尊父母者三人而試推以禍福之驗
可以知之矣其追尊所生者二人曰漢宣帝也光武
也宣帝初稱其父曰親置園邑而奉之漢儒以爲應
經義者也光武稱其父爲皇考立廟南陽而祭之後
世無非者是皆進不干大統退不絶本親最爲得禮
而宣帝爲前漢中興之主光武爲後漢世祖其德業
隆盛天下富安享國長久此二人者追尊所生者也
天不降以禍而降之以福生爲明帝殁享榮名爲萬

世所尊者也其不追崇所生者三人曰魏廢帝也高貴鄉公也常道鄉公也魏自明帝無子養齊王芳以爲子乃下詔後世有入繼之主敢追尊父母者大臣共誅之故終魏之世謹遵其約然自明帝下詔後連三世皆以宗子入繼皆不敢追尊其父母其一曰齊王芳立十六年而被廢謂之廢帝其次曰高貴鄉公立七年爲司馬文王所弑其次曰常道鄉公立七年爲晉所簒魏遂以滅亡此三人者能不追尊其所生者也天不降以福而降之以禍一被廢一被弑一被簒喪身亡國爲萬世所悲者也彼漢魏五君者其享

國盛衰長短雖自有歷數繫於天命不繫於（一作其）追尊所生與不追尊也然就以禍福推之追尊者未必不享福不追尊者未必不得禍也

晋問

或謂爲人後者改其所生父母之名考於六經與古今典禮固無之矣而前世有天下之君多矣果無之乎曰有而不足法也蓋自漢以來由藩侯入繼大統其爲人後合禮而得正之君皆無之也惟五代晋出帝嘗以其所生父爲皇伯矣此何足道也彼出帝者立不以正非爲後繼統之君也蓋其不當立而立必

絶其所生則得立不絶則不得立故不得已而絶之也出帝父曰敬儒高祖之兄也敬儒早卒高祖憐出帝孤而養以為己子而高祖自有子五人高祖疾病以其子重睿託於大臣及高祖崩晉大臣背約欲得長君故捨重睿而立出帝其義不當立惟欺天下以為高祖真子故得立則其勢豈敢復顧其所生父也哉其以為皇伯者不得已也蓋立不以正之君又不得已而至此其可為後世法哉嗚呼五代之際禮樂崩壞三綱五常之道絶先王之制度文章於是掃地矣蓋篡逆賊亂之始一作世也而晉氏尤甚自高祖與

契丹爲父子出帝以耶律德光則爲祖以其所生父則臣而名之是其可以人理責乎是其可以爲世法乎出帝既立不旋踵而契丹滅晉遷其族于北荒幽之黄龍府舉族餓死永爲夷狄之鬼其滅亡禍敗自古未有若斯之酷也議者謂漢哀桓亂世不足爲法可矣若晉出帝者果可爲法乎

濮議卷第四

禮家聚訟自古固然濮議是非諸儒互有去取今不必論惟公此書力辨英廟本無固必寧以一身而當衆怒深得善則稱君過則稱己之義且公晚年所著故筆力尤高或者乃謂可以無傳不已過乎近歲吴仁傑作濮議墨守二十篇志在助公然公何待助也

紹熙五年十月郡人孫謙益王伯芻校正

崇文總目叙釋一卷　歐陽文忠公集一百二十四

易類

前史謂秦焚三代之書易以卜筮而得不焚及漢募羣書類多散逸而易以故最完及學者傳之遂分爲三一曰田何之易始自子夏傳之孔子卦象爻彖與文言說卦等離爲十一篇而說者自爲章句易之本經也二曰焦贛之易無所師授自言得之隱者第述陰陽災異之言不類聖人之經三曰費直之易亦無師授專以彖象文言等參解卦（一作易）爻凡以彖象文言雜入卦中者自費氏始田何之學施孟梁丘之徒

最盛費氏初微止傳民間至後漢時陳元鄭衆康成之徒皆學費氏費氏興而田學遂息古十二篇之易遂亡其本及王弼爲注亦用卦（一作彖）象相雜之經自晉已後弼學獨行遂傳至今然易比五經其來最遠自伏羲畫卦下更三代別爲三易其變卦五十有六命名皆（一作甚）殊至於七八九六筮占之法亦異周之末世夏商之易已亡漢初雖有歸藏已非古經今書三篇莫可究矣獨有周易時更三聖世歷三古雖說者各自名家而聖人法天地之緼則具存焉

書類

書原於號令而本之史官孔子刪爲百篇斷堯訖一作迄秦序其作意遭秦之故孔子末孫惠與濟南伏勝各藏其本于家楚漢之際勝失其所藏但口以傳授勝既耄昏乃繆合二十四篇爲二十九歐陽夏侯之徒皆學之寫以漢世文字號今文尚書至武帝時孔惠之書始出屋壁百篇皆在而半已磨滅又皆科斗文字惠孫安國以隸古定之得五十八篇爲之作傳號古文尚書至陳隋之間伏生之學廢絕而孔傳獨行先是時一作孔傳亡其舜典東晉梅頤一作賾乃以王肅所注伏生舜典足其篇至唐孝明不喜隸古始更

以今文行于（一作於）世

詩類

昔孔子删古詩三千餘篇，取其三百一十一篇著于經。秦楚之際亡其六。漢興，詩分爲四：一曰魯人申公作訓詁，號魯詩；二曰齊人轅固生作傳，號齊詩；三曰燕人韓嬰作内外傳，號韓詩；四曰河間人毛公作故（一作詁）訓傳，號毛詩。三家並立學官，而毛以後出，至平（一作章）帝時始列于學。其後馬融、賈逵、鄭衆、康成之徒皆發明毛氏，其學遂盛。魏晉之間，齊魯之詩廢絶，韓詩雖在而益微，故毛氏獨行，遂傳至今。韓嬰之書至唐猶在今其存者十篇而已漢志嬰書五十篇今但存其外傳非嬰傳詩之詳者而其遺說時見於他書與毛之義絶異而人亦不信去聖既遠誦習各殊至於考風雅之變正以知王政之興衰其善惡美刺不可不察焉

禮類

禮樂之制盛于三代而大備於周三代之興皆數百年而周最久始武王周公修太平之業盡天下以爲九服上自天子至于（一作於）庶人皆有法度方其郊祀天地開明堂以會諸侯其車旗服器文章爛然何其

盛哉（一作也）及幽厲之亂，周室衰微，其後諸侯漸大，然齊桓賜胙而拜，晉文不敢必請隧，以禮維持又二百餘年，禮之功亦大矣。下更戰國，禮樂殆絶。漢興，禮出淹中，后戴諸儒共爲補綴，得百餘篇，三鄭、王肅之徒皆精其學，而說或不同。夫禮極天地、朝廷、宗廟，凡人之大倫，可謂廣矣。雖二（一作百）家殊說，豈不博哉！自漢以來沿革之制、有司之傳著于書者，可以覽焉。

樂類

三代禮樂，自周之末，其失（一作亡）已多，又經秦世滅學之暴，然書及論語、孝經得藏孔氏（一作子）之家，易以卜並不禁而詩本諷誦不專在於竹帛人得口以傳之故獨禮之於六經其亡最甚而樂又有聲器尤易爲壞失及漢興考求典籍而樂最缺（一作闕）絶學者不能自立遂幷其說於禮家書爲五經流別爲六藝夫樂所以達天地之和而飭化萬物要之感格人神象見功德記曰五帝殊時不相沿樂所以王者有因時制作之盛何必區區求古遺缺（一作闕）至於律呂鐘石聖人之法雖更萬世可以考也自漢以來樂之沿革惟見史官之志其書不備隋唐所錄今著其存者云

春秋類

昔周法壞而諸侯亂平王以後不復雅而下同列國吳楚徐夷並僭稱王天下之人不稟周命久矣孔子生其（一作於）末世欲推明王道以扶（一作救）周乃聘諸侯極陳君臣之理（一作禮）諸侯無能用者退而歸魯即其舊史考諸行事加以王法正其是非凡其所書一用周禮爲春秋十二篇以示後世後世學者傳習既久其說遂殊公羊高穀梁赤左丘明鄒氏夾氏分爲五家鄒夾最微自漢世已廢而三家盛行當漢之時易與論語分爲三詩分爲四禮分爲二及學者散亡僅存其一而餘家皆廢獨春秋三傳並行至今初孔子

大修六經之文獨於春秋欲以禮法繩諸侯故其辭尤謹約而義微隱學者不能極其説故三家之傳於聖人之旨各有得焉太史公曰爲人君者不可不知春秋豈非王者之法具在乎

論語類

論語者蓋孔子相與弟子時人講問應答之言也孔子卒羣弟子論次其言而撰之漢興傳者三家魯人傳之謂之魯論齊人傳之謂之齊論而齊論增問王知道二篇今文無之出於孔子壁中者則曰古論有兩子張是三家者篇第先後皆所不同考今之次即

所謂魯論者也

小學類

古者教學之法八歲而入小學以習六甲四方書數之藝至於成童而後授經儒者究極天地人神事物之理無所不通故其學有次第而後大成焉爾雅出於漢世正名命物講說者資之於是有訓詁之學文字之興隨世轉易務趨便省久後乃或亡其本（七字一作省或法其本）三蒼之說始志字法而許慎作說文於是有偏傍之學五聲異律清濁相生而孫炎始作字音於是有音韻之學篆隸古文為體各異秦漢以來學者

務極其能於是有字書之學先儒之立學其初為法未始不詳而明而後世猶或訛失（二字一作失之）故雖小學不可闕焉

正史類

昔孔子删書上斷堯典下訖秦誓著為百篇觀其堯舜之際君臣相與吁俞和諧於朝而天下治三代已下約束賞罰而民莫敢違考其典誥誓命之文純深簡質丁寧委曲為體不同周衰史廢春秋所書尤謹密矣非惟史有詳略抑由時君功德薄厚異世而殊文哉自司馬氏上採黄帝迄于漢武始成史記之一

家由漢以来千有餘歲其君臣善惡之迹史氏詳焉雖其文質不同要其治亂興廢之本可以考焉

編年類

昔春秋之後繼以戰國諸侯交（一作皆）亂而史官廢失策書所載紀次不完司馬遷始爲紀傳表志之體綱羅千載馳騁其文其後史官悉用其法春秋之義書元最謹一時無事猶空書其首月以謂四時不具則不足成年所以上尊天紀下（二字一作時紀）正人事自晉荀悦爲漢紀始復編年之體學徒稱之後世作者皆與正史並行云

實録類

實録起於唐世自高祖至于一作於武宗其後兵盜相交史不暇録而賈緯始作補録十或得其二三五代之際尤多故矣天下乖隔號令並出傳記之士一作事訛謬尤多幸而中國之君實録粗備其盛衰善惡之迹較然而著者不可泯矣

雜史類

周禮天子諸侯皆有史官晉之乘楚之檮杌考其紀事爲法不同至于周衰七國交侵各尊其主是非多異尋亦磨一作靡滅其存無幾若乃史官失職畏怯回

隱則游談處士亦必各記其説以仲所懷然自司馬遷之多聞當其作史記必上採帝繫世本旁及戰國荀卿所録以成其書則諸家之説可不備存乎

僞史類

周室之季吳楚可謂彊矣而仲尼脩春秋書荆以狄之雖其屢進不過子爵所以抑黜僭亂而使後世知懼三代之弊也亂極于七雄並主漢之弊也亂極于三國魏晉之弊也亂極于永嘉以來隋唐之弊也亂極于五代（一又有五代字）之際天下分爲十三四而私竊名號者七國及大宋受命王師四征其係纍負質請死

不暇九服遂歸于有德歷考前世僭竊之邦雖（一有甚字）因時苟偷自彊一方然卒歸于（二字作於）禍敗故錄于（一作於）篇以為賊亂之戒云

職官類

堯舜三代建官名數不同而周之六官備矣然漢唐之興皆因秦隋官號而損益之足以致治興化由此而言在（一作存）乎舉職勤（一無此字）事代天治物（二字作工）一而已至於車服印綬爵秩俸廩因時為制著于有司（一有焉字）書曰無曠庶官又曰允釐百工夫百官象物奉職恭位此虞舜（一有之字）所以端拱無為而化成天下可不

重哉

儀注類

昔漢諸儒得古禮十七篇以爲儀禮而大射之篇獨曰儀蓋射主於容升降揖讓不可以失記曰禮之末節有司掌之凡爲天下國家者莫不講乎三代之制其采章文物邦國之典存乎禮官秦漢以來世有損益至於一作于車旗服器有司所記遺文故事凡可録者皆附于一作於史官云

刑法類

刑者聖人所以愛民之具也其禁暴止殺之意必本

乎至仁，然而執梃刃刑人而不疑者，審得其當也。故法家之説，務原人情，極其真僞，必使有司不得銖寸輕重出入，則其爲書不得不備。歷世之治，因時制法，緣民之情，損益不常，故凡法令之要，皆著于篇。

地理類

昔禹去水害，定民居，而别九州之名，記之禹貢。及周之興，畫爲九畿，而宅其中，内建五等之封，外撫四荒之表，職方之述備矣。及其衰也，諸侯並爭（二字一作兼并）并（一作爭■）吞削奪。秦漢以來，郡國州縣（一作邦國郡縣）廢興治亂，割裂分屬，更易不常。至於日月所照，要荒附叛，山川

風俗五方不同行師用兵順民施政考於圖諜可以覽焉

氏族類

昔黃帝之子二十五人得姓命氏由其德之薄厚自堯舜夏商周之先皆同出於黃帝而姓氏不同其後世封為諸侯者或以國為姓至於一作于公子公孫官邑謚族遂因而命氏其源流次序帝繫世本言之甚詳秦漢以來官邑謚族不自别而為姓又無賜族之禮至于近世遷徙不常則其得姓之因與夫祖宗世次人倫之記尤不可以不考焉

歲時類

詩曰民生在勤勤則不匱故堯舜南面而治考星之中以授人時秋成春作教民無失周禮六官亦因天地四時分其典職然則天時者聖人之所重也自夏有小正周公始作時訓日星氣節七十二候凡國家之政生民之業皆取則焉孔子曰吾不如老圃至於山翁野夫耕桑樹藝四時之説其可遺哉

傳記類

古者史官其書有法大事書之策小事載之簡牘至於風俗之舊耆老所傳遺言逸行迹一作史不及書則

傳記之説或有取焉然自六經之文諸家異學説或不同況乎幽人處士聞見各異或詳一時之所得或發史官之所諱參求考質可以備多聞焉

儒家類

仲尼之業垂之六經其道閎博君人治物百王之用微是無以爲法故自孟軻揚雄荀況卿一作之徒又駕其説扶而大本一作之歷世諸子轉相祖述自名一家異端其言或破碎於大道然訂其作者之意要之孔氏不有殊焉

道家類

道家者流本清虛去健羨泊然自守故曰我無為而民自化我好靜而民自正雖聖人南面之術（一作治）不可易也至或不究其本棄去仁義而歸之自然以因循為用則儒者病之（一有云字）

法家類

法家者流以法繩天下使一本於其術商君申韓之徒乃推而大之挾其說以干世主收取功名至其尊君抑臣辨職分輔禮制於王治不為無益然或狃細苛持刻深（一作深刻）不可不察者也

名家類

名家者流所以辨覈名實流別（一作源流）等威使上下之分不相踰也仲尼有云必也正名乎言爲政之大本不可不正者也

墨家類

墨家者流其言貴儉兼愛尊賢右鬼非命上（一作尚）同此墨家之所行也孟子之時墨與楊其道塞路軻以墨子之術儉而難遵兼愛而不知親疏故辭而闢之然其彊本節用之説有足取焉

縱横家類

春秋之際王政不明而諸侯交亂談説之士出於其

間各挾其術以干時君其因時適一作遇變當權事而制宜有足取焉

雜家類

雜家者流取儒墨名法合而兼之其言貫穿衆說無所不通然亦有補於治理一作道不可廢焉一作也

農家類

農家者流衣食之本一作大原也四民之業其次曰農稷播百穀勤勞天下功炳後世著見書史孟子聘列國陳王道未始不究一作論耕桑之勤漢興劭農勉人爲之著令今集其樹藝之説庶取法焉

小說類

書曰狂夫之言聖人擇焉又曰詢于蒭蕘是小說之不可廢也古者懼下情之壅於上聞故每歲孟春以木鐸徇于路採其風謠而觀之至於俚言巷語亦足取也今特列而存之

兵家類

周禮夏官司馬掌軍戎以九伐之法正邦國書之洪範八曰師易之繫辭取諸睽此兵之所由始也湯武之時勝以仁義春秋戰國出奇狃變其術無窮自田齊始著司馬之法漢興張韓之徒序次其書武帝之

世楊僕又捃摭之謂之紀奏孝成命任宏乃以權謀形勢陰陽技巧析爲四種繇是兵家之文既修列矣然而司馬之法本之禮讓後世莫行焉惟孫武之書法術大詳考今之列非特四種又雜以卜筮刑政之說存諸篇云

崇文總目叙釋卷終

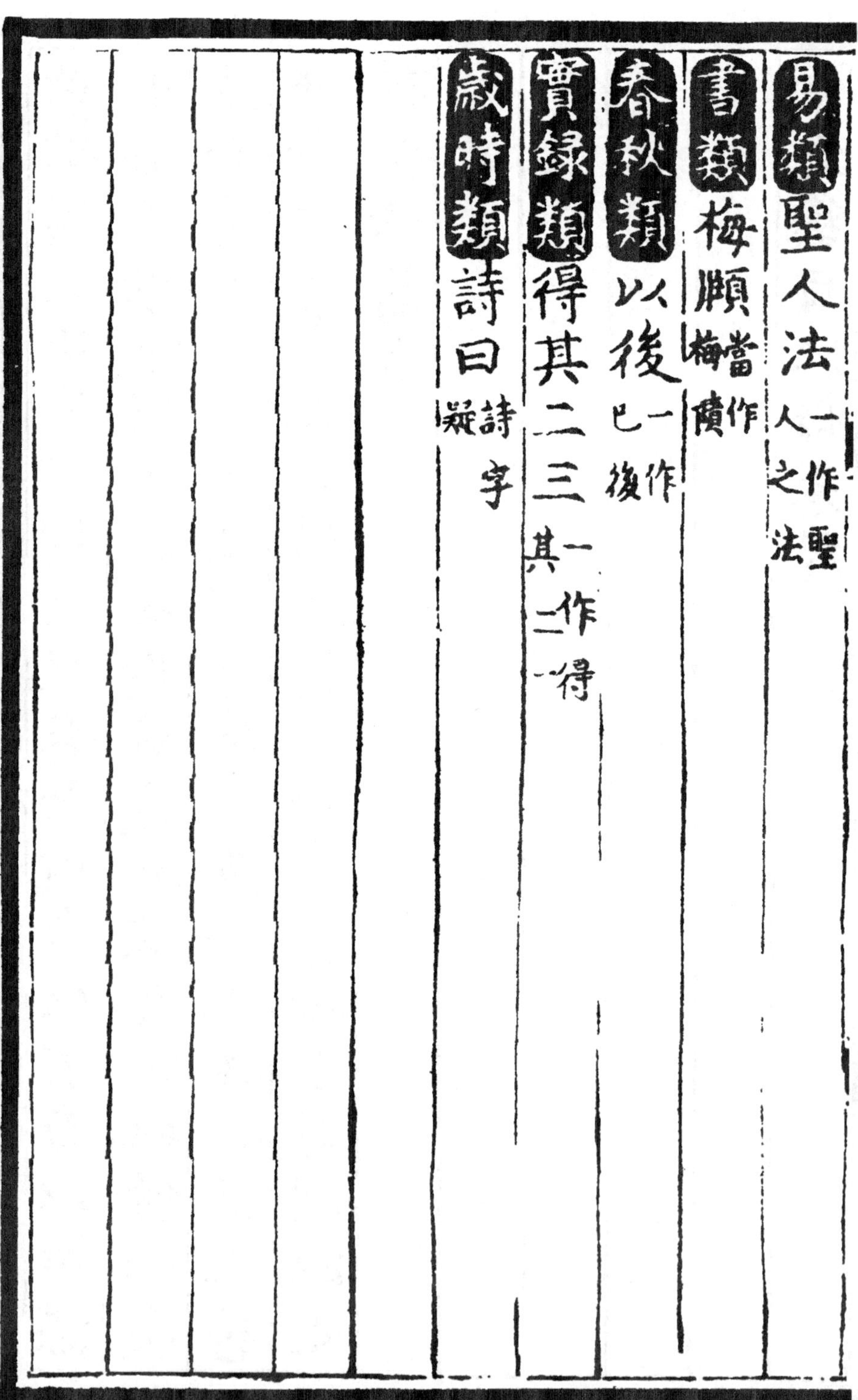

易類　聖人法〔一作聖人之法〕

書類　梅頤〔當作梅賾〕

春秋類　以後〔一作已後〕

實録類　得其二三〔一作得其一二〕

歲時類　詩曰〔詩字疑〕

歐陽文忠公集一百一十五

于役志

景祐三年丙子歲五月九日丙戌希文出知饒州

戊子送希文飲于祥源之東園

壬辰安道貶筠州

甲午師魯貶郢州

乙未安道東行不及送余與君貺追之不克還過君謨家遂召移之公期道滋景純夜飲

丁酉與損之送師魯于固子橋西興教寺余留宿明日道卿損之公期君貺君謨武平源叔仲輝皆來會飲晚乃歸余貶夷陵

己亥，夜過遂卿家話別，遂卿病也。

庚子，夜飲君貺家，會者公期、君謨、武平秀才、范鎮、道滋。飲婦家不來。

辛丑，舟次宋門，夜至公期家飲，會者君謨、君貺、景純、穆之。道滋飲婦家不來。

壬寅，出東水門泊舟，不得岸，水激舟横于河，幾敗，家人驚走登岸而避，遂泊亭子下。損之來，奕棋飲酒，暮乃歸。

癸卯，君貺、公期、道滋先來，登祥源東園之亭，公期烹茶，道滋鼓琴，余與君貺奕。已而君謨來，景純、穆之武平源叔仲輝損之壽昌天休道卿皆来會飲君謨景純穆之壽昌遂留宿明日子野始来君貺公期道滋復来子野還家餘皆留宿君謨作詩道滋擊方響穆之彈琴秀才韓傑居河上亦來會宿

乙巳晨興與宿者别舟既行武平来追及至下鎖見之少頃乃去午次陳留登庚廟

丙午在陳留

丁未次南京明日留守推官石介應天推官謝郛右軍廵判官趙衮曹州觀察推官蔣安石来小飲于河亭余疾不飲客皆醉以歸

六月己酉次柳子

庚戌過宿州與張參約泊靈壁鎮遊損之園會余有

、客住宿州參先發檥靈壁待余不至乃行晚次靈

壁獨遊損之園舟失水道敗柂

辛亥次青陽

壬子至于泗州晚與國器小飲州廨中

癸丑始見春卿

甲寅乙卯丙辰獨在泗州始食淮魚

丁巳次洪澤與劉春卿同年黄孝恭相遇始識大理

寺丞李惇裕洪澤巡檢顔懷玉者錢思公在洛時

故吏遂與四人者夜飲五鼓罷明日食畢解舟與飲者别春卿復相送以前晚入沙河乘月夜行獨山陽與春卿聯句二鼓宿閘下黎明元均來遂至楚州泊舟西倉始見安道于舟中安道會飲于倉亭始食后出倉北門看雨與安道弈

庚申小飲舟中會者元均春卿安道余始飲酒移舟儀城西門門閉泛月以歸

辛酉安道解舟不果别與春卿弈于倉亭晚别春卿

壬戌與元均小飲倉北門舟中夜宿倉亭

癸亥夕與元均坐水次納涼已而大風雨震雹暴至

乙丑與隱甫及高繼隆焦宗慶小飲水陸院東亭看
雨始見荷花
丙寅與元均隱甫飲于西倉
丁卯隱甫来會登倉北堰上亭納涼遲客至遂及元
均小飲舟中已而大風震雹遂宿舟中
戊辰余生日具酒爲壽于舟中
己巳與元均泛舟北辰會隱甫小飲宿倉亭
庚午同年朱公綽来自京師
辛未子聰来自壽州夜飲倉亭留宿
壬申泛舟飲于北辰

癸酉隱甫來飲别夜與元均小飲宿倉亭

甲戌知州陳亞小飲魏公亭看荷花與者隱甫朱公綽晚移舟楚望亭陳從益來自京師見余於舟中始聞君謨動静秀才陳策來自京師夜見余於楚望亭作常州書自泊西倉至于楚望凡十有七日

乙亥次寶應

丙子至于高郵

七月丁丑復見子聰會飲弭節亭

戊寅遂與子聰同舟以前次邵伯

己卯至于揚州遇秀才廖倚夜與倚及子聰飲觀風

亭明日予聰之潤州廖倚之楚州伯起来宿觀風亭

辛巳與伯起飲遡諸亭會者集賢校理王君玉大理寺丞許元太常寺太祝唐詔祠部員外郎蘇儀甫

壬午儀甫来小飲觀風亭會者許元唐詔君玉伯起先歸

癸未與許元小飲遡諸亭會者如壬午伯起不来

甲申與君玉飲壽寧寺寺本徐知誥故第李氏建國以為孝先寺太平興國改今名寺甚宏壯畫壁尤妙問老僧云周世宗入揚州時以為行宫盡朽漫

之惟經藏院畫玄奘取經一壁獨在尤爲絶筆嘆

息久之

乙酉小飲秀才呂有家會者如壬午伯起不來余遂

留宿

丙戌至于真州大熱無水

辛卯飲僧于資福寺移舟溶溶亭處士謝去華携琴

待凉以入客舟

戊戌入客舟泊涵虚亭

庚子次江口

辛丑次長蘆

壬寅夜乘風次清涼寺

癸卯晨至江寧府

八月丙午猶在江寧

丁未小飲君績家

己酉小飲于水閣

庚戌次采石

辛亥阻風與侍禁陳宗顏飲

壬子過太平州夜乘風宿帶星口

癸丑過蕪湖繁昌宿慈母磯

甲寅乘風晝夜行

丙辰禱小姑山神至江州

丁巳在江州約陳侍禁遊廬山余病呼醫者不果往

遂行次郭家洲

己未阻風郭家洲與澧陽縣令趙師道飲村市就村人市羊供膳不得余疾謀還江州召廬山僧以醫不果

庚申次盤唐港

辛酉至于蘄陽

壬戌小飲瞿珣家會册稜知縣著作佐郎范伸蘄春主簿郭公美

癸亥次新冶禱江神得大魚

甲子至于磁湖

乙丑猶在磁湖自丁巳余體不佳至是小間

丙寅至于黄州

丁卯與知州夏屯田飲于竹樓興國寺火約余明日

爲社飲不果夜登江澳次滦磁

戊辰次雙栁夾

己巳次白楊夾

庚午至于鄂州始與令狐修己相識

辛未遣人之黄陂召家兄大風雨不克渡江而還

壬申小飲修己家遂留宿明日家兄来見余於修己家始中酒睡兄家

甲戌飲于兄家

乙亥飲令狐家夜過兄家會宿

九月丙子次沌口

丁丑次昭化港夜大風舟不得泊禱江神

戊寅次穿石磯夜大風擊舟不得寢

己卯至岳州夷陵縣吏来接泊城外

庚辰假舟于邵曖

辛巳壬午入官舟

癸未入荆江次李家洲
甲申次烏沙
乙酉次魯洑
丙戌次塔子口觀魚望五鵶塵角望夫諸山
丁亥次石首夜大風
戊子阻風
壬辰次公安渡

右于役志一卷雖非著述流傳至今則不可略按夷陵抵京師一千六百里公與尹師魯書云臨行

臺吏催苛百端始謀陸行以大暑又無馬乃沿汴絶淮浅大江凡五千里用一百一十程纔至荆南與此志合自公安後闕而不録既以十月二十六日到官則留荆約旬餘正庭參轉運時也

于役志卷終

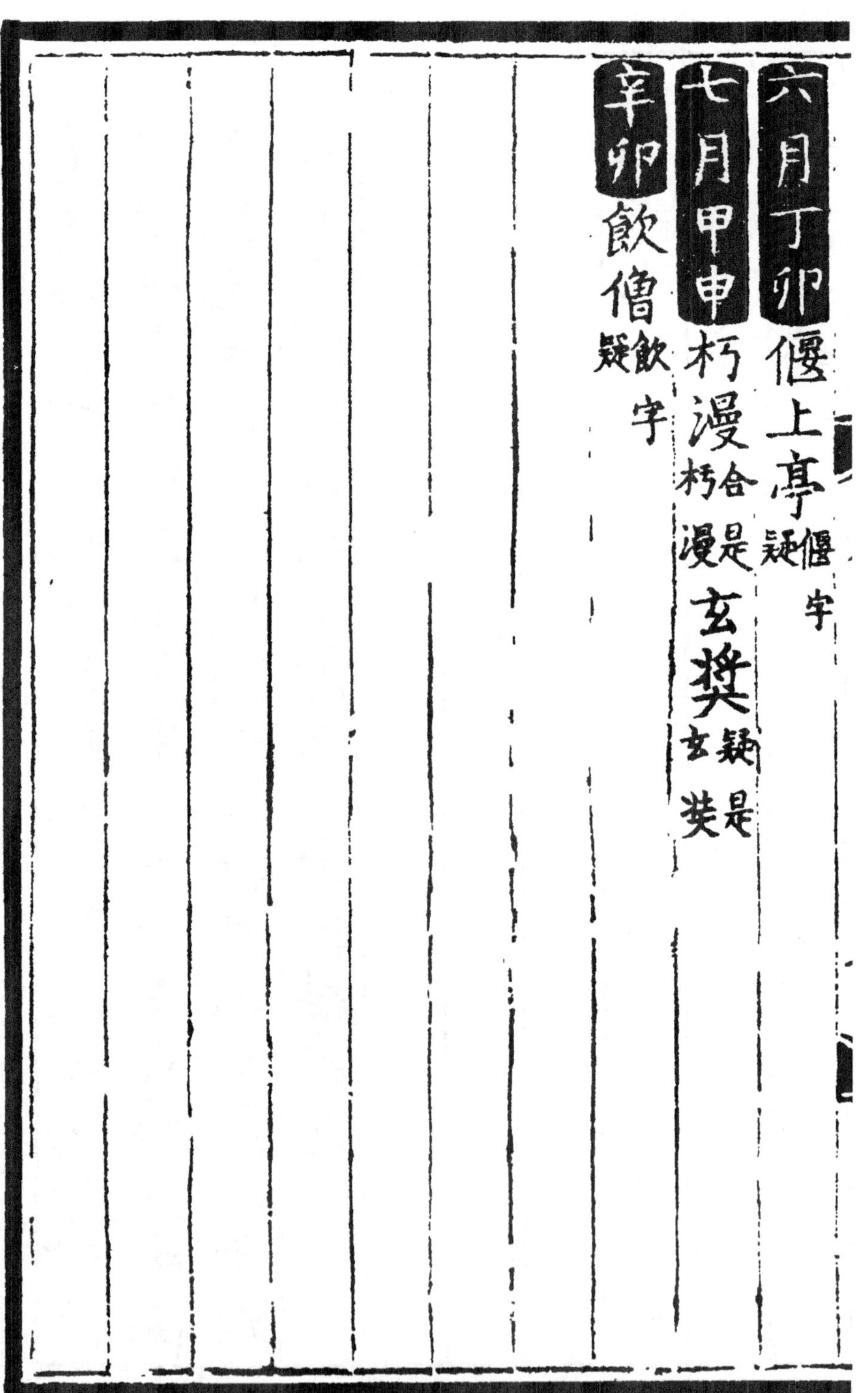

六月丁卯偃上亭偃疑字

七月甲申朽漫合是朽漫玄奘疑是玄奘

辛卯飲僧飲疑字

歸田録序

歸田録者朝廷之遺事史官之所不記與夫士大夫笑談之餘而可録者録之以備閒居之覽也有聞而誚余者曰何其迂哉子之所學者修仁義以爲業誦六經以爲言其自待者宜如何而幸蒙人主之知備位朝廷與聞國論者蓋八年于兹矣既不能因時奮身遇事發憤有所建明以爲補益又不能依阿取容以徇世俗使怨疾謗怒叢于一身以受侮于羣小當其驚風駭浪卒然起於不測之淵而蛟鱷黿鼉之怪方駢首而闖伺乃措身其間以蹈必死之禍賴天子

仁聖惻然哀憐脫於垂涎之口而活之以賜其餘生之命曾不聞吐珠銜環效蛇雀之報蓋方其壯也猶無所爲今既老且病矣是終負人主之恩而徒久費大農之錢爲太倉之鼠也爲子計者謂宜乞身于朝退避榮寵而優游田畝盡其天年猶足竊知止之賢名而乃裴回俯仰久之不決此而不思尚何歸田之錄乎余起而謝曰凡子之責我者皆是也吾其歸哉子姑待治平四年九月乙未廬陵歐陽脩序

歐陽文忠公集一百二十六

歸田録卷第一

太祖皇帝初幸相國寺至佛像前燒香問當拜與不拜僧録贊寧奏曰不拜問其何故對曰見在佛不拜過去佛贊寧者頗知書有口辯其語雖類俳優然適會上意故微笑而頷之遂以爲定制至今行幸焚香皆不拜也議者以爲得禮

開寶寺塔在京師諸塔中最高而制度甚精都料匠預浩所造也塔初成望之不正而勢傾西北人怪而問之浩曰京師地平無山而多西北風吹之不百年當正也其用心之精蓋如此國朝以來木工一人而

已至今木工皆以預都料為法有木經三卷行於世世傳浩惟一女年十餘歲每卧則交手於胷為結構狀如此踰年撰成木經三卷今行於世者是也

國朝之制知制誥必先試而後命有國以来百年不試而命者纔三人陳堯佐楊億及脩忝與其一爾

仁宗在東宫魯肅簡公宗道為諭德其居在宋門外俗謂之浴堂巷有酒肆在其側號仁和酒有名於京師公往往易服一作衣微行飲于其中一日真宗急召公將有所問使者及門而公不在移時乃自仁和肆中飲歸中使遂先入白乃與公約曰上若怪公来遲

當託何事以對幸先見教冀不異同公曰但以實告中使曰然則當得罪公曰飲酒人之常情欺君臣子之大罪（一作罪大）也中使嗟歎而去真宗果問使者具如公對真宗問曰（一作公）何故私入酒家公謝曰臣家貧無器皿酒肆百物具（一作俱）備賓至如歸適有鄉里親客自遠來遂與之飲然臣既易服市人亦無識臣者真宗笑曰卿為宮臣恐為御史所彈然自此奇公以為忠實可大用晚年每為章獻明肅太后言群臣可大用者數人公其一也其後章獻皆用之

太宗時親試進士每以先進卷子者賜第一人及第

孫何與李庶幾同在科場，皆有時名。庶幾文思敏速，何尤苦思遲。會言事者上言舉子輕薄，為文不求義理，惟以敏速相誇，曰：言庶幾與舉子於餅肆中作賦，以一餅熟成一韻者為勝。太宗聞之大怒，是歲殿試，庶幾最先進卷子，遽叱出之，由是何為第一。

故參知政事丁公度、晁公宗慤往時同在館中，喜相諧謔。晁曰遷職，以啓謝丁。時丁方為群牧判官，乃戲晁曰：「啓事更不奉答，當以糞墼一車為報。」晁答曰：「得墼勝於得啓。」聞者以為善對。

石資政中立好諧謔，士大夫能道其語者甚多。嘗曰入朝遇荆王迎授東華門不得入遂自左掖門入有一朝士好事語言問石云何爲自左去聲掖門入石方趂班且走且答曰秖爲大音拖王迎授閽者無不大笑楊大年方與客棊石自外至坐於一隅大年因誦賈誼鵩賦以戲之云止於坐隅貌甚閑暇石遽答曰口不能言請對以臆

故老能言五代時事者云馮相道和相凝同在中書一日和問馮曰公靴新買其直幾何馮舉左足示和曰九百和性褊急遽回顧小吏云吾靴何得用一千八百因詬責久之馮徐舉其右足曰此亦九百於是

烘堂大笑時謂宰相如此何以鎮服百僚

錢副樞若水嘗遇異人傳相法其事甚怪錢公後傳楊大年故世稱此二人有知人之鑒仲簡揚州人也少習明經以貧傭書大年門下大年一見奇之曰子當進士及第官至清顯乃教以詩賦簡天禧中舉進士第一甲及第官至正郎天章閣待制以卒謝希深爲奉禮郎大年尤喜其文每見則欣然延接既去則歎息不已鄭天休在公門下見其如此怪而問之大年曰此子官亦清要但年不及中壽爾希深官至兵部員外郎知制誥卒年四十六皆如其言希深初以

奉禮郎鎖廳應進士舉以啓事謁見大年有云曳鈴其空上念無君子者解組不顧公其如蒼生何大年自書此四句于扇曰此文中虎也由是知名

太祖時郭進為西山廵檢有告其陰通河東劉繼元将有異志者太祖大怒以其誣害忠臣命縛其人予進使自處置進得而不殺謂曰爾能為我取繼元一城一寨不止贖爾死當請賞爾一官歲餘其人誘其一城来降進具其事送之于朝請賞以官太祖曰爾誣害我忠良此纔可贖死爾賞不可得也命以其人還進進復請曰使臣失信則不能用人矣太祖於是

賞以一官君臣之間蓋如此

魯肅簡公立朝剛正嫉惡少容小人惡之私目爲魚頭當章獻垂簾時屢有補益讜言正論士大夫多能道之公既卒太常謚曰剛簡議者不知爲美謚以爲因謚譏之竟改曰肅簡公與張文節公知白當垂簾之際同在中書二公皆以清節直道爲一時名臣而魯尤簡易若曰剛簡尤得其實也

宋尚書祁爲布衣時未爲人知孫宣公奭一見奇之遂爲知己後宋舉進士驟有時名故世稱宣公知人

公嘗語其一無此字門下客曰近世謚用兩字而文臣必

謚為文皆非古也吾死得謚曰宣若戴足矣及公之卒宋方為禮官遂謚曰宣成其志也

嘉祐二年樞密使田公（况）罷為尚書右丞觀文殿學士兼翰林侍讀學士罷樞密使當降麻而止以制除蓋往時高若訥罷樞密使所除官職正與田公同亦不降麻遂以為故事真宗時丁晉公（謂）自平江軍節度使除兵部尚書參知政事節度使當降麻而朝議惜之遂止以制除近者陳相（執中）罷使相除僕射乃降麻罷籍罷節度使除觀文殿大學士又不降麻蓋無定制也

寶元康定之間余自貶所還過京師見王君貺初作舍人自契丹使歸余時在坐見都知押班殿前馬步軍聯騎立門外呈榜子稱不敢求見舍人遣人謝之而去至（一無此字）慶曆三年余作舍人此禮已廢然三衙管軍臣僚於道路相逢望見舍人呵引者即斂馬駐立前呵者傳聲太尉立馬急遣人謝之比舍人馬過然後敢行後子官于外十年而還遂入翰林爲學士見三衙呵引甚雄不復如當時與學士相逢分道而過更無斂避之禮蓋兩制漸輕而三衙漸重舊制侍衛親軍與殿前分爲兩司自侍衛司不置馬步軍都

指揮使止置馬軍指揮使步軍指揮使一止作馬步軍指揮事以來侍衛一司自分為二故與殿前司列為三衙也五代軍制已無典法而今又非其舊制者多矣

國家開寶中所鑄錢文曰宋通元寶至寶元中則曰皇宋通寶近世錢文皆著年號惟此二錢不然者以年號有寶字文不可重故也

太祖建隆六年將議改元語宰相勿用前世舊號於是改元乾德其後因於禁中見內人鏡背有乾德之號以問學士陶穀穀曰此偽蜀時年號也因問內人乃是故蜀王時人太祖由是益重儒士而歎宰相有一

之字寡聞也

仁宗即位改元天聖時章獻明肅太后臨朝稱制議者謂撰號者取天字於文爲二人以爲二人聖者悅太后爾至九年改元明道又以爲明字於文日月並也與二人旨同無何以犯契丹諱明年遽一作遂改曰景祐是時連歲天下大旱改元詔意冀以迎和氣也五年曰郊又改元曰寶元自景祐初群臣慕唐玄宗以開元加尊號遂請加景祐於尊號之上至寶元亦然是歲趙元昊以河西叛改姓元氏朝廷惡之遽改元曰康定而不復加於尊號而好事者又曰康定乃

謚爾明年又改曰慶曆至九年大旱河北尤甚民死者十八九於是又改元曰皇祐猶景祐也六年日蝕四月朔以謂正陽之月自古所忌又改元曰至和三年仁宗不豫久之康復又改元曰嘉祐自天聖至此凡年號九皆有謂也

寇忠愍公準之貶也初以列卿知安州既而又貶衡州副使又貶道州別駕遂貶雷州司戶時丁晉公與馮相拯在中書丁當秉筆初欲貶崖州而丁忽自疑語馮曰崖州再涉鯨波如何馮唯唯而已丁乃徐擬雷州及丁之貶也馮遂擬崖州當時好事者相語曰

若見雷州寇司戶人生何處不相逢比丁之南也寇復移道州寇聞丁當來遣人以蒸羊逆於（一作迎于）境上而收其僮僕杜門不放出聞者多以（一作公）為得體

揚文公億以文章擅天下然性特剛勁寡合有惡之者以事譖之大年在學士院忽夜召見於一小閣深在禁中既見賜茶從容顧問久之出文稾數篋以示大年云卿識朕書蹟乎皆朕自起草未嘗命臣下代作也大年惶恐不知所對頓首再拜而出乃知必為人所譖矣由是佯狂奔于陽翟真宗好文初待大年眷顧無比晚年恩禮漸衰亦由此也

王文正公曾為人方正持重在中書最為賢相嘗謂大臣執政不當收恩避怨公嘗語尹師魯曰恩欲歸己怨使誰當聞者歎服以為名言

李文靖公沆為相沈正厚重有大臣體嘗曰吾為相無他能唯不改朝廷法制用此以報國士大夫初聞此言以謂不切於事及其後當國者或不思事體或收恩取譽屢更祖宗舊制遂至官兵冗濫不可勝紀而用度無節財用（一作力）匱乏公私困弊推迹其事皆因執政不能遵守舊規妄有更改（一作改更）所致至此始知公言簡而得其要由是服其識慮之精

陶尚書穀爲學士，嘗晚召對，太祖御便殿，陶至望見上，將前而復却者數四，左右催宣甚急，穀終彷徨不進。太祖笑曰：「此措大索事分。」顧左右取袍帶來，上已束帶，穀遽趨入。

薛簡肅公知開封府時，明參政鎬爲府曹官，簡肅待之甚厚，直以公輔期之。其後公守秦益，常辟以自隨，優禮特異。有問於公何以知其必貴者，公曰：「其爲人端肅，其言簡而理盡。凡人簡重則尊嚴，此貴臣相也。」其後果至參知政事以卒，時皆服公知人。

臘茶出（一作盛）於劍建，草茶盛於兩浙。兩浙之品，日注

為第一自景祐已後洪州雙井白芽漸盛近歲製作尤精囊以紅紗不過一二兩以常茶十數斤養之用辟暑濕之氣其品遠出日注上遂為草茶第一

仁宗退朝常命侍臣講讀於邇英閣賈侍中昌朝時為侍講講春秋左氏傳每至諸侯淫亂事則略而不說上問其故賈以實對上曰六經載此所以為後王鑒（一作監）戒何必諱

丁晉公自保信軍節度使知江寧府召為參知政事中書以丁節度使召學士草麻時盛文肅為學士以為參知政事合用舍人草制遂以制除丁甚恨之

寇忠愍之貶所素厚者九（二字一作之）人自盛文肅已下皆坐斥逐而楊大年與寇公尤善丁晉公憐其才曲保全之議者謂丁所貶朝士甚多獨於大年能全之大臣愛才一節可稱也

太祖時以李漢超爲關南巡檢使捍北虜與兵三千而已然其齊州賦稅最多乃以爲齊州防禦使悉與一州之賦俾之養士而漢超武人所爲多不法久之關南百姓詣闕訟漢超貸民錢不還及掠其女以爲妾太祖召百姓入見便殿賜以酒食慰勞之徐問曰自漢超在關南契丹入寇者幾百姓（二字一作對）曰無也

太祖曰往時契丹入寇邊將不能禦河北之民歲遭劫虜汝於此時能保全其貲財婦女乎今漢超所取孰與契丹之多又問訟女者曰汝家幾女所嫁何人百姓具以對太祖曰然則所嫁皆村夫也若漢超者吾之貴臣也以愛汝女則取之得之必不使失所與其嫁村夫孰若處漢超家富貴於是百姓皆感悅而去太祖使人語漢超曰汝須錢何不告我而取於民乎乃賜以銀數百兩曰汝自還之使其感汝也漢超感泣誓以死報

仁宗萬機之暇無所翫好惟親翰墨而飛白尤爲神

妙凡飛白以點畫象物形而點最難工至和中有書待詔李唐卿撰飛白三百點以進自謂窮盡物象上亦頗佳之乃特為清淨二字以賜之其六點尤為奇絕又出三百點外

仁宗聖性恭儉至和二年春不豫兩府大臣日至寢閤問聖體見上器服簡質用素漆唾壺盂子素甆盞進藥御榻上衾褥皆黃絁色已故暗宮人遽取新衾覆其上亦黃絁也然外人無知者惟兩府侍疾因一作因侍疾見之爾

陳康肅公堯咨善射當世無雙公亦以此自矜嘗射

於家圃有賣油翁釋擔而立睨之久而不去見其發矢十中八九但微頷之康肅問曰汝亦知射乎吾射不亦精乎翁曰無他但手熟爾康肅忿然曰爾安敢輕吾射翁曰以我酌油知之乃取一葫蘆置於地以錢覆其口徐以杓酌油瀝之自錢孔入而（一作而入）錢不濕因曰我亦無他惟手熟爾康肅笑而遣之此與莊生所謂解牛斲輪者何異

至和初陳恭公罷相而並用文富二公（彥博 弼）正衙宣麻之際上遣小黃門（一有三輩二字）密於百官班中聽其論議而二公久有人望一旦復用朝士往往相賀黃門

具奏上大悦余時爲學士後數日奏事垂拱殿上問新除彦博等外議如何余以朝士相賀爲對上曰自古（二字一作古者）人君用人或以夢卜苟不知人當從人望夢卜豈足憑邪故余作文公批答云永惟商周之所記至以夢卜而求賢孰若用搢紳之公言從中外之人望者具述上語也

王元之在翰林嘗草夏州李繼遷制繼遷送潤筆物數倍於常然用啓頭書送（一作遂）拒而不納蓋惜事體也近時舍人院草制有送潤筆物稍後時者必遣院子詣門催索而當送者往往不送相承既久今索者

送者皆恬然不以爲怪也

内中舊有玉石三清真像初在真遊殿既而大内火遂遷於玉清昭應宫已而玉清又大火又遷於洞真洞真又火又遷於上清上清又火皆焚蕩無孑遺遂（一有又字）遷於景靈而宫司道官相與惶恐上言真像所至輒火景靈必不免願遷（二字一作乞移）他所遂遷於集禧宫迎祥池水心殿而都人謂之行火真君也

丁文簡公度罷參知政事爲紫宸殿學士即文明殿學士也文明本有大學士爲宰相兼職又有學士爲諸學士之首後以文明者真宗謚號也遂更曰紫宸

近世學士皆以殿名為官稱，如端明、資政是也。丁既受命，遂稱曰丁紫宸。議者又謂紫宸之號非人臣之所宜稱，遽更曰觀文。觀文是隋煬帝殿名，理宜避之，蓋當時不知。然則朝廷之事，士一作不可以不學也。

王冀公欽若罷參知政事，而真宗眷遇之意未衰，特置資政殿學士以寵之。時寇萊公在中書，定其班位依雜學士，在翰林學士下。冀公因訴于上曰："臣自學士拜參知政事，今無罪而罷，班反在下，是貶也。"真宗為特加置一作大學士，班在翰林學士上。其寵遇如此。

景祐中，有郎官皮仲容者，偶出街衢，為一輕薄子所戲遽前賀云聞君有臺憲之命仲容立馬媿謝久之徐問其何以知之對曰今新制臺官必用稀姓者故以君姓知之爾蓋是時三院御史乃仲簡論程掌禹錫也聞者傳以爲笑

太宗時宋白賈黄中李至吕蒙正蘇易簡五人同時拜翰林學士承旨扈蒙贈之以詩云五鳳齊飛入翰林其後吕蒙正爲（一作至）宰相賈黄中李至蘇易簡皆至參知政事宋白官至尚書老於承旨皆爲名臣

御史臺故事三院御史言事必先白中丞自（一有中山二字）劉子儀爲中丞始牓臺中今後御史有所言不須先

白中丞雜端至今如此

丁晉公之南遷也，行過潭州，自作齋僧疏文一有字云：補仲山之袞，雖曲盡於巧心；和傅說之羹，實難調於衆口。其少以文稱，晚年詩筆尤精，在海南篇詠尤多，如草解忘憂憂底事，花名含笑笑何人一有之字句二字尤爲人所傳誦

張僕射齊賢體質豐大，飲食過人，尤嗜肥豬肉，每食數斤。天壽院風藥黑神丸，常人所服不過一彈丸，公常以五七兩爲一大劑，夾以胡餅而頓食之。淳化中罷相，知安州。安陸山郡，未嘗識達官，見公飲啗不類

常人舉郡驚駭嘗與賓客會食廚吏置一金漆大桶於廳側窺竊一作視公所食如其物投桶中至暮酒漿浸漬漲溢滿桶郡人嗟愕以謂享富貴者必有異於人也然而晏元獻公清瘦如削其飲食甚微每折半餅以筋卷之抽去其筋内撚頭一莖而食一有之字此亦異於常一無此字人也

宋宣獻公綬夏英公竦同試童行誦經有一行者誦法華經不過聞其習業幾年矣曰十年也二公笑且閔之因各取法華經一部誦之宋公十五一作日夏公七日不復遺一字人性之相遠一有也字如此

樞密曹侍中利用澶淵之役以殿直使於契丹議定盟好由是進用當莊獻明肅太后時以勲舊自處權傾中外雖太后亦嚴憚之但呼侍中而不名凡内降恩澤皆執不行然以其所執既多故有三執而又降出者（一無此字）則不得已而行之久之為小人（一有之字）所則凡有求而三降不行者必又請之太后曰侍中已不行矣請者徐啓曰臣已告得侍中宅妳婆或其親信為言之許矣於是又降出曹莫知其然也但以三執不能已僶俛行之於是太后大怒自此切齒遂及曹芮之禍乃知大臣功高而權盛禍患之來非智慮所

能防也

曹侍中在樞府務革僥幸而中官尤被裁抑羅崇勳時爲供奉官監後苑作歲滿敘勞過求恩賞内中唐突不已莊獻太后怒之簾前諭曹使召而戒勵曹歸院坐廳事召崇勳立庭中去其巾帶困辱久之乃取狀以聞崇勳不勝其恥其後曹芮事作鎮州急奏言芮反狀仁宗太后大驚崇勳適在側因自請行既受命喜見顏色晝夜疾馳鍛成其獄芮既被誅曹初貶隨州再貶房州行至襄陽渡北津監送内臣楊懷敏指江水謂曹曰侍中好一江水盖欲其自投也再三

言之曹不諭至襄陽驛遂逼其自縊
宋鄭公庠初名郊字伯庠與其弟祁自布衣時名動天下號爲二宋其爲知制誥仁宗驟加奬眷便欲大用有忌其先進者譖之謂其姓符國號名應郊天又曰郊音交也交者替代之名也宋交其言不祥仁宗遽命改之公怏怏不獲已乃改爲庠字公序公後更踐二府二十餘年以司空致仕兼享福壽而以一作終而譖者竟不見用以卒可以爲小人之戒也
曹武惠王彬國朝名將勳業之盛無與爲比嘗曰自吾爲將殺人多矣然未嘗以私喜怒輒戮一人其所

居堂室弊壞子弟請加脩葺公曰時方大冬牆壁瓦
石之間百蟲所蟄不可傷其生其仁心愛物蓋如此
既平江南回詣閤門入見牓子稱奉勑江南勾當公
事回其謙恭不伐又如此
眞宗好文雖以文辭取士然必視其器識每御崇政
賜進士及第必召其高第三四人並列於庭更察其
形神磊落者始賜第一人及第或取其所試文辭有
理趣者徐奭鑄鼎象物賦云足惟下正詎聞公餗之
欹傾鉉乃上居實取王臣之威重遂以爲第一蔡齊
置器賦云安天下於覆盂其功可大遂以爲第一人

錢思公生長富貴而性儉約閨門用度為法甚謹子弟輩非時不能輒取一錢公有一珊瑚筆格平生尤所珍惜常置之几案子弟有欲錢者輒竊而藏之公即悵然自失乃牓于家庭以錢十千贖一作購之居一二日子弟佯為求得以獻公欣然以十千賜之他日有欲錢者又竊去一歲中率五七如此公終不悟也余官西都在公幕親見之每與同僚歎公之純德也

國朝雅樂即用王朴所製周樂太祖時和峴以為聲高遂下其一律然至今言樂者猶以為高云今黄鍾乃古夾鍾也景祐中李照作新二字一作所作樂又下其聲

太常歌工以其（一作為）太濁歌不成聲當鑄鍾時乃私賂鑄匠使減其銅齊而聲稍清歌乃叶而成聲而照竟不知以此知審音作樂之難也照每謂人曰聲高則急促下則舒緩吾樂之作久而可使人心感之皆舒和而人物之生亦當豐大王侍讀洙身尤短小常戲之曰君樂之成能使我長（一有大字）乎聞者以為笑而樂成竟不用

鄧州花蠟燭名著天下雖京師不能造相傳云（一作亦）是寇萊公燭法公嘗知鄧州而自少年富貴不點油燈尤好夜宴劇飲雖寢室亦燃燭達旦每罷官去後

人至官舍見廁溷間燭淚在地往往成堆杜祁公爲人清儉在官未嘗燃官燭油燈一炷熒然欲滅與客相對清談而已二公皆爲名臣而奢儉不同如此然祁公壽考終吉萊公晚有南遷之禍遂殁不返雖其不幸亦可以爲戒也

故事學士在内中院吏朱衣雙引太祖朝李昉爲學士太宗在南衙朱衣一人前引而已昉（一有因字）亦去其一人至今如此

往時學士入劄子不著姓但云學士臣某先朝盛度丁度並爲學士遂著姓以别之其後遂皆著姓

晏元獻公以文章名譽少年居富貴性豪俊所至延賓客一時名士多出其門罷樞密副使為南京留守時年三十八幕下王琪張亢最為上客亢體肥大琪目為牛琪瘦骨立亢目為猴二人以此自相譏誚琪嘗嘲亢曰張亢觸牆成八字亢應聲曰王琪望月叫三聲一坐為之大笑

楊文公常戒其門人為文宜避俗語既而公因作表云伏惟陛下德邁九皇門人鄭戩遽請於公曰未審何時得賣生菜於是公為之大笑而易之

夏英公竦父官於河北景德中契丹犯河北遂殁于

陳後公爲舍人丁母憂起復奉使契丹公辭不行其表云父歿王事身丁母憂義不戴天難下穹廬之拜禮當枕塊忍聞夷樂之聲當時以爲一作謂四六偶對最爲精絶

孫何孫僅俱以能文馳名一時僅爲陝西轉運使作驪山詩二篇其後篇有云秦帝墓成陳勝起明皇宫就禄山來時方建玉清昭應宫有惡僅者欲中傷之因録其詩以進真宗讀前篇云朱衣吏引上驪山遽曰僅小器也此何足誇遂棄不讀而陳勝禄山之語卒得不一作不得聞人以爲幸也

楊大年每欲〔一作遇〕作文則與門人賓客飲博投壺奕棊〔二字一作乃至〕語咲諠譁而不妨構思以小方紙細書揮翰如飛文不加點每盈一幅則命門人傳錄門人疲於應命頃刻之際成數千言真一代之文豪也

楊大年為學士時草荅契丹書云鄰壤交歡進草既入真宗自注其側云朽壤鼠壤糞壤大年遽改為鄰境明旦引唐故事學士作文書有所改為不稱職當罷因亟求解職真宗語宰相曰楊億不通商量真有氣性〔一作性氣〕

太常所用王朴樂編鐘皆不圓而側垂自李照胡瑗

之徒皆以爲非及照作新樂將鑄編鍾給銅（一有於字）鑄瀉務得古編鍾一枚工人不敢銷毀遂藏於太常鍾不知何代所作其銘曰（一作云）粵朕皇祖寶龢鍾粵斯萬年子子孫孫永寶用叩其聲與王朴夷則清聲合而其形不圓（一有而字）側垂正與朴鍾同然後知朴博古好學不爲無據也其後胡瑗改鑄編鍾遂圓其形而下垂叩之掩鬱而不揚其鎛鍾又長甬而震掉其聲不和著作佐郎劉羲叟竊謂人曰此與周景王無射鍾無異必有眩惑之疾未幾仁宗得疾人以羲叟之言驗矣其樂亦尋廢（一有不用二字）

自太宗崇奬儒學，驟擢高科至輔弼者多矣。蓋（一作自）太平興國二年至天聖八年二十三榜，由呂文穆公（蒙正）而下，大用二十七（一作五）人，而三人並登兩府，惟天聖五年一榜而已。是歲王文安公（堯臣）第一，今昭文相公韓僕射（琦）、西廳參政趙侍郎（槩）第二第三人也。予忝與二公同府，每見語此，以為科場盛事。自景祐元年已後，至今治平三年，三十餘年十二牓，五人已上未有一人登兩府者，亦可怪也。

歸田錄卷第一

歸田録卷第二　　　　歐陽文忠公集一百二十七

真宗朝歲歲賞花釣魚，羣臣應制。嘗一歲臨池久之，而御釣不食。時丁晉公謂應制詩云：「鶯驚鳳輦穿花去，魚畏龍顔上釣遲。」真宗稱賞，羣臣皆自以爲不及也。

趙元昊二子，長曰佞令受，次曰諒祚。諒祚之母尼也，有色而寵，佞令受母子怨望。而諒祚母之兄曰沒藏訛哤者，亦黠虜也，因教佞令受以弑逆之謀。元昊已見殺，訛哤遂以弑逆之罪誅佞令受子母，而諒祚乃得立。而年甚幼，訛哤遂專夏國之政。其後諒祚稍長卒殺訛咜滅其族元昊為西鄙患者十餘年國家困天下之力有事於一方而敗軍殺將不可勝數然未嘗少挫其鋒及其困於女色禍生父子之間以亡其身此自古賢智之君或不能免況夷狄乎訛咜教人之子殺其父以為己利而卒亦滅族皆理之然也

晏元獻公喜評詩嘗曰老覺腰金重慵便枕玉涼未是富貴語不如笙歌歸院落燈火下樓臺此善言富貴者也人皆以為知言

契丹阿保機當唐末五代時最盛開平中屢遣使聘梁梁亦遣人報聘令世傳一有學士二字李琪金門集有賜

契丹詔乃爲阿布機當時書詔不應有誤而自五代以来見於他書者皆爲阿保機雖令契丹之人自謂之阿保機亦不應有失又有趙志忠者本華人也自幼陷虜爲人明敏在虜中舉進士至顯官既而脱身歸國能述虜中君臣世次山川風物甚詳又云阿保機虜人實謂之阿保謹未一作莫知孰是也一有此字此聖人所以慎於傳疑也

真宗尤重儒學今科場條制皆當時所定至今每親試進士已放及第自十人已上御試卷子並録本於真宗影殿前焚燒制舉登科者亦然

近時名畫李成巨然山水包鼎虎趙昌花果成官至尚書郎其山水寒林往往人家有之巨然之筆惟學士院玉堂北壁獨存人間不復見也包氏宣州人世以畫虎名家而鼎最為妙今子孫猶以畫虎為業而曾不得其髣髴也昌花寫生逼真而筆法輭俗一作劣殊無古人格致然時亦未有其比一作未有過此者

寇萊公在中書與同列戲云水底日為天上日未有對而會楊大年適來白事因請其對大年應聲曰眼中人是面前人一坐稱為的對

朝廷之制有因偶出一時而遂為故事者契丹人使

見辭賜宴雜學士員雖多皆赴坐惟翰林學士秪召當直一員人一作餘皆不赴諸王宫教授入謝祖宗時偶因便殿不御袍帶見之至今教授入謝必俟上入内解袍帶復出見之有司皆以爲定制也、處士林逋居於杭州西湖之孤山逋工筆畫善爲詩如草泥行郭索雲木叫鉤輈頗爲士大夫所稱又梅花詩云踈影横斜水清淺暗香浮動月黄昏評能一作詩者謂前世詠梅者多矣未有此句也又其臨終爲句云茂陵他日求遺稾猶喜曾無封禪書尤爲人稱傳一作誦自逋之卒湖山寂寥寞一作未有繼者俚諺云趙老送燈臺一去更不來不知是何等語雖士大夫一作君子亦往往道之天聖中有尚書郎趙世長者常以滑稽自負其老也求為西京留臺御史有輕薄子送以詩云此回真是送燈臺世長深惡之亦以不能酬酢為恨其後竟卒於留臺也

官制一作稱廢久矣今其名稱訛謬者多雖士大夫皆從俗不以為怪皇女為公主其夫必拜駙馬都尉故謂之駙馬宗室女封郡主者謂其夫為郡馬縣主者為縣馬不知何義也

唐制三衛官有司階司戈執干執戟謂之四色官今

三衙廢無官屬惟金吾有一人每日於正衙放朝喝不坐直謂之四色官尤可笑也

京師諸司庫務皆由三司舉官監當而權貴之家子弟親戚因緣請託不可勝數為三司使者常以為患田元均為人寬厚長者其在三司深厭干請者雖不能從然不欲峻拒之每溫顏強笑以遣之嘗謂人曰作三司使數年強笑多矣直笑得面似靴皮士大夫聞者傳以為笑然皆服其德量也

茶之品莫貴於龍鳳謂之團茶凡八餅重一斤慶曆中蔡君謨為福建路轉運使始造小片龍茶以進其

品絶精（精一作絶）謂之小團凡二十餅重一斤其價直金二兩然金可有而茶不可得每因南郊致齋中書樞密院各賜一餅四人分之宮人往往縷（一作覆）金花於其上蓋其貴重如此

太宗時有待詔賈玄以棊供奉號為國手邇來數十年未有繼者近時有李憨子者頗為人所稱云舉世無敵手然其人狀貌昏濁垢穢不可近蓋里巷庸人也不足置之罇俎間故胡旦嘗語人曰以棊為易解則如旦聰明尚或不能以為難解則愚下小人往往造於精絶信如其言也

王副樞疇之夫人梅鼎臣之女也景彝初除樞密副使梅夫人入謝慈壽宫太后問夫人誰家子對曰梅鼎臣女也太后笑曰是梅聖俞家乎由是始知聖俞名聞於宫禁也聖俞在時家甚貧余或至其家飲酒甚醇非常人家所有問其所得云皇親有好學者宛轉致之余又聞皇親有以錢數千購梅詩一篇者其名重於時如此

錢思公雖生長富貴而少所嗜好在西洛時嘗語寮屬言平生惟好讀書坐則讀經史卧則讀小説上廁則閲小辭蓋未嘗頃刻釋卷也謝希深亦言宋公垂

同在史院每走廁必挾書以往諷誦之聲琅然聞於遠近其篤學如此余因謂希深曰余平生所作文章多在三上乃馬上枕上廁上也蓋惟此尤可以屬思爾

國朝宰相最少年者惟王溥罷相時父母皆在人以爲榮今富丞相弼入中書時年五十二太夫人在堂康強後三年太夫人薨有司議贈卹之典云無見任宰相丁憂例是歲三月十七日春宴百司已具前一夕有旨富其母喪在殯特罷宴此事亦前世未有

皇祐二年嘉祐七年季秋大享皆以大慶殿爲明堂

蓋明堂者路寢也方於寓祭圜丘斯爲近禮明堂額
御篆以金填字門牌亦御飛白皆皇祐中所書神翰
雄偉勢若飛動余詩云寶墨飛雲動金文耀日晶者
謂二牌也

錢思公官兼將相階勳品皆第一自云平生不足者
不得於黄紙書名每以爲恨也

三班院所領使臣八千餘人涖事于外其罷而在院
者常數百人每歲乾元節醵錢飯僧進香合以祝聖
壽謂之香錢判院官常利其餘以爲餐錢羣牧司領
内外坊監使副判官比佗司俸入最優又歲收糞墼

錢頗多以充公用故京師爲之語曰三班喫香羣牧喫糞也

咸平五年南省試進士有教無類賦王沂公爲第一賦盛行於世其警句有云神龍異禀猶嗜欲之可求織草何知尚薰蕕而相假時有輕薄子擬作四句云相國寺前熊翻筋斗望春門外驢舞柘枝議者以謂言雖鄙俚亦著題也

國朝之制自學士已上賜金帶者例不佩魚若奉使契丹及館伴北使則佩事已復去之惟兩府之臣則賜佩謂之重金初太宗嘗曰玉不離石犀不離角可

賣者惟金也乃創爲金銙之制以賜羣臣方團毬路以賜兩府御仙花以賜學士以上今俗謂毬路爲笏頭御仙花爲荔枝皆失其本號也

宋丞相庠早以文行負重名於時晚年尤精字學嘗手校郭忠恕佩觿三篇寶翫之其在中書堂吏書牒尾以俗體書宋爲宋公見之不肯下筆責堂吏曰吾雖不才尚能見姓書名此不是我姓堂吏惶懼改之乃肯書名

京師食店賣酸䭕者皆大出書（一作牌）牓於通衢而俚俗昧於字法轉酸從食䭕從臽有滑稽子謂人曰彼

家所賣餕餡（音俊叨）不知為何物也飲食四方異宜而名號亦隨時俗言語不同至或傳者轉失其本湯餅唐人謂之不托今俗謂之餺飥矣晉束皙餅賦有饅頭薄持起溲牢九之號惟饅頭至今名存而起溲牢九皆莫曉為何物薄持荀氏又謂之薄夜亦莫知何物也

嘉祐八年上元夜賜中書樞密院御筵于相國寺羅漢院國朝之制歲時賜宴多矣自兩制已上皆與惟上元一夕祇賜中書樞密院雖前兩府見任使相皆不得與也是歲昭文韓相公（一作）集賢曾公樞密張太

尉皆在假不赴惟余與西廳趙侍郎槩副樞胡諫議宿吳諫議奎四人在席酒半相顧四人者皆同時翰林學士相繼登二府前此未有也因相與道玉堂舊事為笑樂遂皆引滿劇飲亦一時之盛事也

國朝之制大宴樞密使副不坐侍立殿上既而退就御廚賜食與閤門引進四方館使列坐廡下親王一人伴食每春秋賜衣門謝則與內諸司使副班于垂拱殿外廷中而中書則別班謝于門上故朝中為之語曰廚中賜食階下謝衣蓋樞密使唐制以內臣為之故常與內諸司使副為伍自後唐莊宗用郭崇韜

與宰相分秉朝政文事出中書武事出樞密自此之後其權漸盛至今一作本朝遂號爲兩府事權進用祿賜禮遇與宰相均惟日趨內朝侍宴賜衣等事尚循唐舊其任隆輔弼之崇而雜用內諸司故事使朝廷制度輕重失序蓋沿革異時因循不能釐正也

蔡君謨既爲余書集古録目序刻石其字尤精勁爲世所珍余以鼠鬚栗尾筆銅綠筆格大小龍茶惠山泉等物爲潤筆君謨大笑以爲太清而不俗後月餘有人遺余以清泉香餅一篋者君謨聞之歎曰香餅來遲使我潤筆獨一作猶無此一種佳一無此字物茲又可

笑也清泉地名香餅石炭也用以焚香一餅之火可終日不滅

梅聖俞以詩知名三十年終不得一館職晚年與修唐書書成未奏而卒士大夫莫不歎惜其初受勑修唐書語其妻刁氏曰吾之修書可謂猢猻入布袋矣刁氏對曰君於仕宦亦何異鮎魚上竹竿耶聞者皆以為善對一作昔梅聖俞以詩名當世然終不得一館職晚年在唐書局充修書官尚冀書成時勞得一貼職以償素願書垂就而卒時人莫不歎其奇薄其初修唐書也嘗竊歎曰吾今可謂猢猻入布袋

仁宗初立今上為皇子令中書召學士草詔學士王

廷當直召至中書諭之王曰此大事也必須面奉聖旨於是求對明日面稟得旨乃草詔羣（一作詰）公皆以王爲真得學士體也

盛文肅公豐肌（一作肥）大腹而眉目清秀丁晉公疎瘦如削二公皆兩浙人也並以文辭知名於時梅學士詢在真宗時已爲名臣至慶曆中爲翰林侍讀以卒性喜焚香其在官所每晨起將視事必焚香兩鑪以公服罩之撮其袖以出坐定撒開兩袖郁然滿室濃香有竇元賓者五代漢宰相正固之孫也以名家子有文行爲館職而不喜修飾經時未嘗沐浴故時人

為之語曰盛肥丁瘦梅香竇臭也

寶元中趙元昊叛命朝廷命將討伐以鄜延環慶涇原秦鳳四路各置經略安撫招討使余以為一作謂四路皆內地也當如故事置靈夏四面行營招討使令自於境內何所招討余因竊料王師必不能出境其後用兵五六年劉平任福葛懷敏三大將皆自戰其地而大敗由是至於罷兵竟不能出師

呂文穆公蒙正以寬厚為宰相太宗尤所眷遇有一朝士家藏古鑑自言能照二百里欲因公弟獻以求知其弟伺間從容言之公笑曰吾面不過楪一作鏡子

大安用照二百里其弟遂不復敢言聞者歎服以謂賢於李衛公遠矣蓋寡好而不爲物累者昔賢之所難也

國朝百有餘年年號無過九年者開寶九年改爲太平興國太平興國九年改爲雍熙大中祥符九年改爲天禧慶曆九年改爲皇祐嘉祐九年改爲治平惟天聖盡九年而十年改爲明道

唐人奏事非表非狀者謂之牓子亦謂之録子今謂之劄子凡羣臣百司上殿奏事兩制以上非時有所奏陳皆用劄子中書樞密院事有不降宣勅者亦用

劄子與兩府自相往來亦然若百司申中書皆用狀惟學士院用咨報其實如劄子亦不書（一作出）名但當直學士一人押字而已謂之咨報（今俗謂草書名為押字也）此唐學士舊規也唐世學士院故事近時墮廢殆盡惟此一事在爾

燕王元儼太宗幼子也太宗子八人真宗朝六人（一無此字）已亡歿至仁宗即位獨燕王在以皇叔之親特見尊禮契丹亦畏其名其疾亟時仁宗幸其宮親為調藥平生未嘗語朝政遺言一二事皆切於理余時知制誥所作贈官制所載皆其實事也

華元郡王允良燕王子也性好晝睡每自旦酣寢至暮始興盥一作㶑櫛漱衣冠而出燃燈燭治家事飲食宴樂達旦而罷則復寢以終日無日不如此由是一宫之人皆晝睡夕興允良不甚喜聲色亦不爲佗驕恣惟以夜爲晝亦其性之異前世所未有也故觀察使劉從廣燕王壻也甞語余燕王好坐木馬子坐則不下或飢則便就其上飲食往往乘興奏樂於前酣飲終日亦其性之異也

皇子顥封東陽郡王除發州節度使檢校太傅翰林學士黯上言太傅天子師臣也子爲父師於體不

順中書檢勘自唐以來親王兼師傅官者蓋自國朝命官秪以差遣爲職事自三師三公以降皆是虚名故失於因循爾議者皆以貫言爲當也

端明殿學士五代後唐時置國朝尤以爲貴多以翰林學士兼之其不以翰苑兼職及换職者百年間纔兩人特拜程戡王素是也

慶曆八年正月十八日夜崇政殿宿衛士作亂於殿前殺傷四人取準備救火長梯登屋入禁中逢一宫人問寢閤在何處宫人不對殺之既而宿直都知聞變領宿衛士入搜索已復逃竄後三日於内城西北

角樓中獲一人殺之時内臣楊懷敏受旨獲賊勿殺而倉卒殺之由是竟莫究其事

葉子格者自唐中世以後有之說者云因人有姓葉號葉子青一作清或作晉者撰此格因以爲名此說非也唐人藏書皆作卷軸其後有葉子其制似今策子凡文字有備檢用者卷軸難數卷舒故以葉子寫之如吳彩鸞唐韻李郃彩選之類是也骰子格本備檢用故亦以葉子寫之因以爲名爾唐世士人宴聚盛行葉子格五代國初猶然後漸廢不傳今其格世或有之而人無知者惟昔楊大年好之仲待制簡大年門下

客也故亦能之大年又取葉子彩一作歌名紅鶴阜鶴者別演爲鶴格鄭宣徽戩章郇公得象皆大年門下客也故皆能之余少時亦有此二格後失其本今絶無知者

國朝自下湖南始置諸州通判既非副貳又非屬官故常與知州爭權每云我是監郡朝廷使我監汝舉動爲其所制太祖聞而患之下詔書戒勵使與長吏協和二字一作同押凡文書非與長吏同簽書者所在不得承受施行自此遂稍稍戢然至今州郡往往與通判不和往時有錢昆少卿者家世餘杭人也杭人嗜蟹

昆嘗求補外郡，人問其所欲何州，昆曰：「但得有螃蟹無通判處則可矣。」至今士人以為口實。

嘉祐二年，余與端明韓子華、翰長王禹玉、侍讀范景仁、龍圖梅公儀同知禮部貢舉，辟梅聖俞為小試官。凡鎖院（一有經字）五十日，六人者相與唱和，為古律歌詩一百七十餘篇，集為三卷。禹玉，余為校理時武成王廟所解進士也，至此新入翰林，與余同院，又同知貢舉。故禹玉贈余云：「十五年前出門下，最榮今日預東堂。」余答云：「昔時叨入武成宮，曾看揮毫氣吐虹。」「夢寐閑思十年事，笑談今此（一作日）一鐏同。」「喜君新賜黃金帶顧我宜為白髮翁也天聖中余舉進士國學南省皆忝第一人薦名其後景仁相繼亦然故景仁贈余云澹墨題名第一人孤生何幸繼前塵也聖俞自天聖中與余為詩友余嘗贈以蟠桃詩有韓孟之戲故至此梅贈余云猶喜共量天下士亦勝東野亦勝韓而子華筆力豪贍公儀文思溫雅而敏捷皆勍敵也前此為南省試官者多窘束條制不少放懷余六人者懽然相得羣居終日長篇險韻衆製交作筆吏疲於寫録僮史一作隸奔走往来間以滑稽嘲謔形一作加於風刺更相酬酢往性烘堂絕倒自謂一時盛事前

此未之有也

往時學士循唐故事見宰相不具靴笏繫鞋坐玉堂上遣院吏計會堂頭直省官學士將至宰相出迎近時學士始具靴笏至中書與常參官雜坐於客位有移時不得見者學士日益自卑丞相禮亦漸薄益一作並習見已久恬然不復爲怪也

張堯封者南京進士也累舉不第家甚貧有善相者謂曰視子之相不過一幕職然君骨貴必享王封人初莫曉其旨其後堯封舉進士及第終於幕職堯封溫成皇后父也后既貴堯封累贈太師中書令兼尚

書令封清河郡王由是始悟相者之言

治平二年八月三日大雨一夕都城水深數尺上降詔責躬求直言學士草詔有大臣惕思天變之語上夜批出云淫雨為災專戒不德遽令除去大臣思變之言上之恭己畏天自勵如此

章郇公得象與石資政中立素相友善而石喜談一作詼諧嘗戲章云昔時名畫有戴松牛韓幹馬而今有章得象也世言閩人多短小而長大者必為貴人郇公身既長大而語聲如鍾豈出其類者是為異人乎其為相務以厚重鎮止浮競時人稱其德量

金橘產於江西以遠難致都人初不識明道景祐初一作中始與竹子俱至京師竹子味酸人不甚喜後遂不至而金橘香清味美置之罇俎間光彩灼爍一作的皪如金彈丸誠珎果也都人初亦不甚貴其後因溫成皇后尤好食之由是價重京師余世家江西見吉州人甚惜此果其欲久留者則於菉豆中藏之可經時不變云橘性熱而豆性涼故能久也

凡物有相感者出於自然非人智慮所及皆因其舊俗而習知之今唐鄧間多大柿其初生澀堅實如石凡百十柿以一榠樝置其中榅桲亦可則紅熟爛如泥而

可食土人謂之烘柿者非用火乃用此爾淮南人藏鹽酒蟹凡一器數十蟹以皁莢半挺置其中則可藏經歲不沙（一作損）至於薄荷醉猫死猫引竹之類皆世俗常知而翡翠屑金人氣粉犀此二物則世人未知者余家有一玉罌形製甚古而精巧始得之梅聖俞以爲碧玉在穎州時嘗以示僚屬坐有兵馬鈐轄鄧保吉者真宗朝老内臣也識之曰此寶器也謂之翡翠云禁中寶物皆藏宜聖庫庫中有翡翠盞一隻所以識也其後予偶以金環於罌腹信手磨之金屑紛紛而落如硯中磨墨始知翡翠之能屑金也諸藥中

犀最難擣，必先鎊屑乃入衆藥中擣之，衆藥篩羅已盡而犀屑獨存（四字一作犀獨在）。余偶見一醫僧元達者，解犀為小塊子，方一寸半許（四字一作半寸許），以極薄紙裹置於（一無此字）懷中（一有使字）近肉，以人氣蒸之，候氣薰蒸浹洽，乘熱投臼中急擣，應手如粉，因知人氣之能粉犀也。然今醫工皆莫有知者。

石曼卿磊落奇才，知名當世，氣貌雄偉，飲酒過人。有劉潛者，亦志義之士也，常與曼卿為酒敵。聞京師沙行王氏新開酒樓，遂往造焉，對飲終日，不交一言。王氏怪其所飲過多，非常人之量，以為異人，稍獻肴果

益取好酒奉之甚謹二人飲啗自若傲然不顧至夕殊無酒色相揖而去明日都下喧傳王氏酒樓有二酒仙来飲久之乃知劉石也

燕龍圖肅有巧思初爲永興推官知府寇萊公好舞柘枝有一鼓甚惜之其鐶忽脱公悵然以問諸匠皆莫知所爲燕請以鐶脚爲鏁簧内之則不脱矣萊公大喜燕爲人寬厚長者博學多聞其漏刻法最精今州郡往往有之

劉岳書儀婚禮有女坐壻之馬鞍父母爲之合髻之礼不知用何經義據岳自敘云以時之所尚者益之

則是當時流俗之所爲爾岳當五代干戈之際礼樂廢壞之時不暇講求三王之制度苟取一時世俗所用吉凶儀式略整齊之固不足爲後世法矣然而後世猶不能行之今岳書儀十已廢其七八其一二僅行於世者一作卷皆苟簡粗略不如本書就中轉失乖繆可爲大笑者坐鞍一事爾今之士族當婚之夕以兩倚相背置一馬鞍反令壻坐其上飲以三爵女家遣人三請而後下乃成婚礼謂之上高坐凡婚家舉族内外姻親與其男女賓客堂上堂下竦立而視者惟壻上高坐爲盛禮爾或有偶不及設者則相與悵

然咨嗟以爲關禮其轉失乖繆至於如此今雖名儒巨公衣冠舊族莫不皆然嗚呼士大夫不知禮義而與閭閻鄙俚同其習一作所見而不知爲非者多矣前日濮園皇伯之議是已豈止坐鞍之繆哉

世俗傳訛惟祠廟之名爲甚今都城西崇化坊顯聖寺者本名蒲池寺周氏顯德中增廣之更名顯聖而俚俗多道其舊名今轉爲菩提寺矣江南有大小孤山在江水中嶷然獨立而世一作俚俗轉孤爲姑江側有一石磯謂之澎浪磯遂轉爲彭郎磯云彭郎者小姑壻也余嘗過小孤山廟像乃一婦人而勑額爲聖

母廟豈止俚俗之繆哉西京龍門山夾伊水上自端門望之如雙闕故謂之闕塞而山口有廟曰闕口廟余嘗見其廟像甚勇手持一屠刀尖銳按膝而坐問之云此乃豁口大王也此尤可笑者爾

今世俗言語之訛而舉世君子小人皆同其繆者惟打字爾（打丁雅反）其義本謂考擊故人相毆以物相擊皆謂之打而工造金銀器亦謂之打可矣蓋有槌撾作擊之義也至於造舟車者曰打船打車網魚曰打魚汲水曰打水役夫餉飯曰打飯兵士給衣糧曰打衣糧從者執傘曰打傘以糊黏紙曰打黏以丈尺量地

曰打量舉手試眼之昏明曰打試至於名儒碩學語皆如此此觸事皆謂之打而徧檢字書了無此字（丁雅反者）其義主考擊之打自音謫（疑當作滴）耿以字學言之打字從手從丁丁又擊物之聲故音謫耿為是不知因何轉為丁雅也

用錢之法自五代以來以七十七為百謂之省陌今市井交易又剋其五謂之依除咸平五年陳恕知貢舉選士最精所解七十二人王沂公曾為第一御試又落其半而及第者三十八人沂公又為第一故京師為語曰南省解一百依除殿前放五十省陌也是

歲取人雖少得士最多宰相三人乃沂公與王公隨章公得象參知政事一人韓公億侍讀學士一人李仲容御史中丞一人王臻知制誥一人陳知微而汪白青陽楷二人雖不達而皆以文學知名當世

唐李肇國史補序云言報應敘鬼神述夢卜近帷箔悉去之紀事實探物理辨疑惑示勸戒採風俗助談笑則書之余之所録大抵以肇爲法（六字一作亦然）而小異於肇者不書人之過惡以謂職非史官而掩惡揚善者君子之志也覽者詳之

歸田録卷第二

第一段魚畏一作魚性

第九段臨終爲句爲一作遺

第十段真是送燈臺燈一作登

第二十段不得於黃紙書名不字上一有惟字

第二十四段惶懼一作遑遽

第二十六段酒半相顧半一作行

第二十九段上竹竿耶耶一作也

第五十段薄荷一作葧荷

第五十四段余嘗過至繆哉二十六字一作余嘗過小孤山廟下見廟像乃一婦人而俚俗之繆至於如此

第五十五段 打衣糧一作打衣打糧